メイデーア転生物語５
扉の向こうの魔法使い（下）

友麻 碧

富士見L文庫

イラスト　雨壱絵穹

Contents

Characters

マキア・オディリール

〈紅の魔女〉の末裔であるオディリール家の魔術師。

トール・ビグレイツ

王宮騎士団魔法騎士。元マキアの騎士で、現在は救世主の守護者。

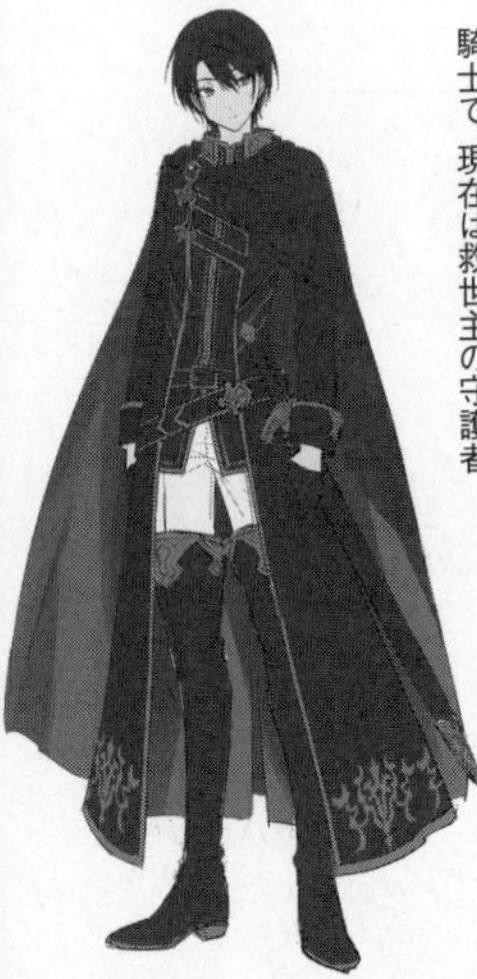

使い魔

ドンタナテス（ドン助）

ポポロアクタス（ポポ太郎）

〈救世主〉と〈守護者〉／ルスキア王国

アイリ

異世界からやってきた〈救世主〉の少女。

ライオネル・ファブレイ

救世主の守護者のひとり。王宮騎士団副団長。

ギルバート・ディーク・ロイ・ルスキア

救世主の守護者のひとり。ルスキア王国第三王子。

ユージーン・バチスト

ルスキア王国王宮筆頭魔術師。エレメンツ魔法学の第一人者。

ヴァベル教国

エスカ

マキアを監視するヴァベル教の司教。

ルネ・ルスキア魔法学校

レピス・トワイライト
マキアのルームメイト。フレジール皇国からの留学生。

ネロ・パッヘルベル
マキアのクラスメイト。魔法学校に首席で入学した天才。

フレイ・レヴィ
ネロのルームメイト。一歳年上の留年生。

ベアトリーチェ・アスタ
マキアのクラスメイトの令嬢。王宮魔術院院長の孫娘。

ダン・ホランド
マキアのクラスメイトのひとり。王都孤児院の出身。

ユーリ・ユリシス・レ・ルスキア
ルネ・ルスキア魔法学校・精霊魔法学担当教師。ルスキア王国の第二王子。

フレジール皇国

シャトマ・ミレイヤ・フレジール
フレジール皇国の女王。聖女と名高い古の魔術師〈藤姫〉を名乗る。

カノン・パッヘルベル
〝死神〟と呼ばれるフレジール皇国の将軍。マキアの前世を殺した男と瓜二つ。

Map & Realms

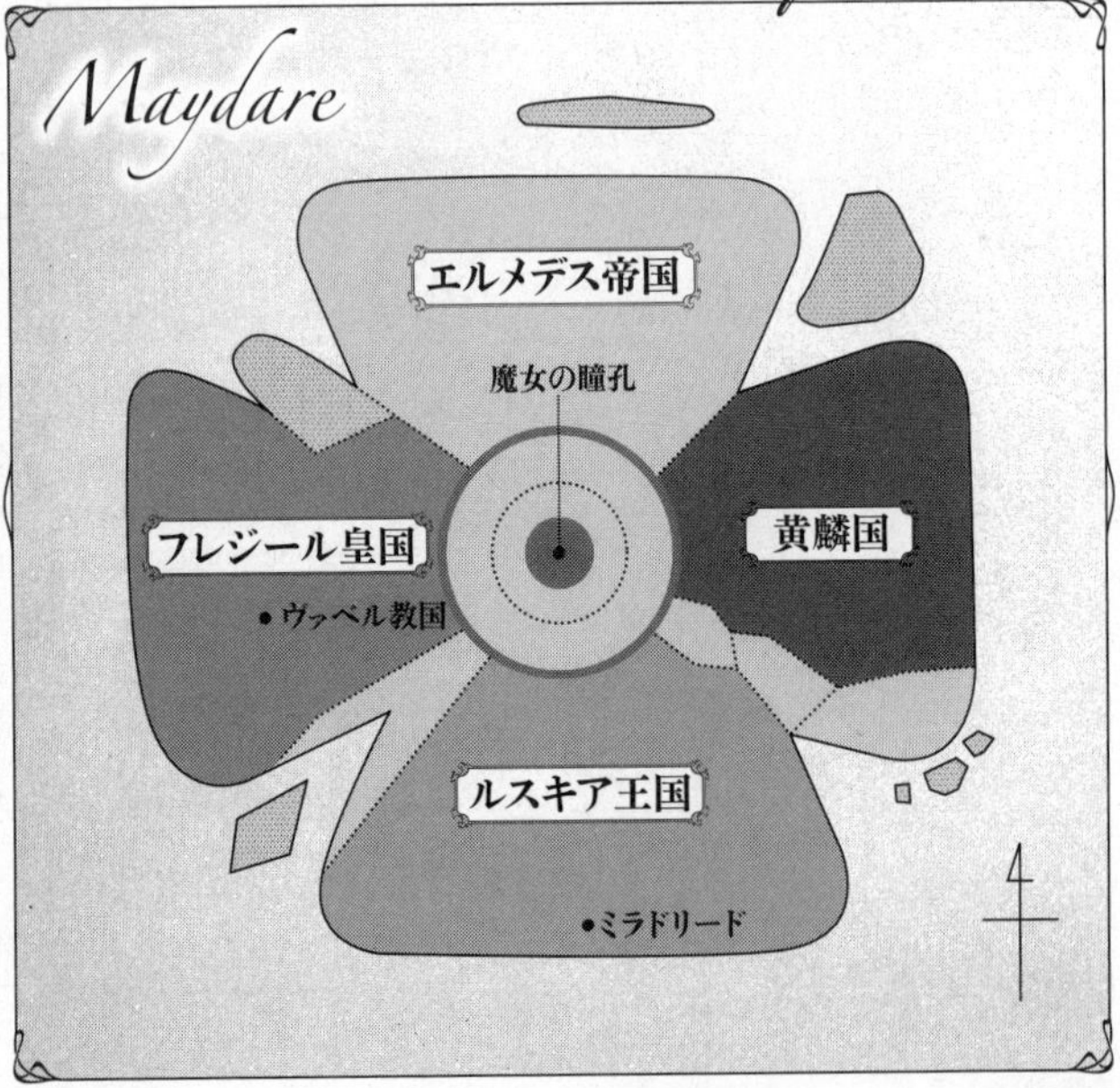

ルスキア王国
古い時代の魔力に満ちた南の大国。マキアの故郷デリアフィールドがある。

フレジール皇国
先端魔法が盛んな西の大国。ルスキア王国とは同盟関係にある。

エルメデス帝国
独裁的な北の大国。メイデーアの征服を目論んでいる。

黄《き》麟《りん》国《こく》
謎めいた東の大国。独特な東洋文化を持っている。

ヴァベル教国
フレジール皇国の内部にある、ヴァベル教の総本山。

ミラドリード
ルスキア王国の王都。ルネ・ルスキア魔法学校がある。

魔女の瞳孔
世界の中心にある大穴。

Keywords

メイデーア
世界の総称。偉大な魔術師たちにより歴史が紡がれてきた。

魔法大戦
五百年前〈紅の魔女〉〈黒の魔王〉〈白の賢者〉の三人の魔術師によって引き起こされた戦争。中でも勇者を殺した〈紅の魔女〉は〝この世界で一番悪い魔女〟として忌み嫌われている。

トネリコの勇者
四人の仲間とともに三人の魔術師を打倒し、魔法大戦を終結させた歴史上の存在。その物語はおとぎ話や童話の絵本となって広く親しまれている。

救世主伝説
ルスキア王国に伝わる伝説。メイデーアに危機が訪れた時、流星群を福音として異世界から〝救世主〟が現れ、世界を救うという。トネリコの勇者もその一例とされる。

四光の紋章
救世主伝説に語られる、四人の仲間〝守護者〟であることの証。救世主が現れた時、選ばれし者の体に刻まれる。

ヴァベル教
メイデーアで最も古く、最もメジャーな宗教。世界樹ヴァビロフォスを信仰する。

ルネ・ルスキア魔法学校
古の魔術師〈白の賢者〉によって創設されたとされる教育機関。多くの精霊に守られている。

属性と申し子
世界を構成する魔力。主に【火】【水】【氷】【地】【草】【風】【雷】【音】【光】【闇】に分類される。また各属性に愛された存在を〝申し子〟と呼び、精霊の加護や特異な体質を備えている。

精霊・使い魔
世界の魔力の具現体。動物や植物、自然に宿り、神秘を体現するものたち。精霊そのものを召喚し契約することで、使い魔として使役することもできる。

魔物
主にメイデーアの北部に生息する魔法生物の通称。人類に害をなす敵とされ、かつては〈黒の魔王〉が従えていた。

トワイライトの一族
〈黒の魔王〉の末裔とされ、その秘術を継承する幻の一族。独自の自治を貫いていたが、その力を欲した帝国に隷属している。

第一話　ネロ、ガーネットの9班とは。

僕の名前はネロ・パッヘルベル。

本当の名前は遠い昔に、北の国の、雪と寒さと炎の中に置いてきた。

「ネロさん、ネロさんしっかりしてください！」

「おいネロ、もう大丈夫だ！　今、騎士団の人が治癒魔術師を呼びに行っている。あと少しの辛抱だ！」

朦朧《もうろう》とする意識の中、同じ班のレピスとフレイの声がする。

二人とも切羽詰まった声だった。

ここはどこだろう。この天井の感じ、第一ラビリンス「塩の迷路」か。

身体《からだ》中が痛い。寒い。

確か僕は、学校に強襲を仕掛けた帝国の魔術師によって、体を何箇所かナイフで刺されたのだった。最初はただの刺し傷だと思って平静を装うこともできたが、徐々に痛みや苦しみが増して、明らかにまずい状況に陥った。

これはナイフで刺されただけの痛みではない。

騎士団の副団長が連れて来た治癒魔術師が色々と手を尽くすが、傷口が塞《ふさ》がらず、血が止まらないのだ。

「おい、レピス嬢。治癒魔法が全く効かねえぞ。まさか毒か⁉」

「いいえ。これはトワイライトの呪術《じゅじゅつ》魔法です。あのヴィダルの刃《やいば》であれば、呪いが施されている可能性が高い。傷口から体中に広がり、痛みを与えながら死に至らしめる恐ろしい呪いです。ネロさんが自身の力でそれらの侵食を抑え込み、コントロールしていたので、ここまで保《も》ったようなものなのです」

「そんな……っ、じゃあどうすれば！　毒ならルスキア王国の専売特許なのに！」

確かに、毒の対処であったならルスキア王国の右に出るものはいない。

しかし見たことも聞いたこともない呪術となると、フレイの心配の通り、それを解呪できる者がここにいるのかどうか。

自分でも解呪を試みているが、これがなかなか複雑だ。

トワイライトの魔術の奥深さがよく理解できるよ、レピス。

「フレイ殿下。ネロさんがどうかしたのですか⁉」

1班のベアトリーチェ・アスタの声までする。

当初は、偉そうで嫌いなタイプの人間だったが、ここ最近はそれほどでもない。

マキアと仲良くなってから、彼女の雰囲気は随分と変わったからだ。

ベアトリーチェは僕を見て、小さな悲鳴を上げた。僕はそれほど酷《ひど》い状況なのだろう。

「ネロ君!? ネロ君なの!? なんて怪我《けが》……っ」

前に学校のアトリエで出会った、あの救世主の子の声までした。

名前は確か、アイリと言ったっけ。

以前、王宮で守護者の騎士にアトリエでの出来事について話を聞かれたことがあるのだが、その時、この子がマキアと仲直りがしたいらしい、というのを少しだけ聞いていた。

結局、仲直りは出来たんだろうか？

僕が心配することではないかもしれない。けれど、この塩の迷路を覆う精霊魔法の守護結界……

おそらく救世主の力だろう。

彼女は救世主として、ルネ・ルスキアの学友を守ってくれていたのだ。

死にそうなほど痛いのに、僕って奴は、何を淡々と考えているのだろう。

現状が気になるのもあるが、霞《かす》んだ瞳《ひとみ》の向こうで、多くの人が僕の心配をしているのが、どうにも悪い気がしなかったのだ。

例えば、今ここで死ねたなら。

僕は多くの学友に囲まれて、この先の苦労や苦痛も知らないまま、それなりに幸せに人生を終えることができるだろう。

　だけどここで僕が死ねば、困る人たちがいる。

　僕にはまだやるべきことがある。兄さんとの約束がある。

　それに、マキアがいない。彼女が海に落ちたのを、僕は見た。

「マキア……マキアは……」

　無意識に手を伸ばす。

　彼女の無事を確認しなければ、何となく、僕は死んではならない気がしていた。

「大丈夫です、ネロさん。マキアにはトールさんが付いている。〝黒の箱《ブラック・ボックス》〟が作動していたので無事でしょう」

「……レピス」

「すみません、ネロさん。ネロ様……っ」

　レピスは僕の手を取り、それを自身の額に押し当てながら、怒りと後悔に震えている。

　僕にこの傷を与えたのが、トワイライトの魔術師であり、その魔法だったからだろう。

　フレイはレピスが僕のことを「ネロ様」と呼んだことに、妙な違和感を抱いているようだった。

　僕はと言うと、マキアの無事がわかって少しだけ安心して、そのせいでますます意識が遠のいた気がした。そして視界が白く染まっていく。

だけどその白い世界の中に、ひらひらと舞う紫色の蝶《ちょう》がいた。

その蝶が、僕の額に留まる。

「……蝶？」

気がつけば、僕の額に手を当て、顔を覗《のぞ》き込んで微笑《ほほえ》む一人の聖女がいた。

「妾《わらわ》が慈悲を授けよう。ネロ。そなたはまだ、生きねばならない」

僕の体が、温かな光に包まれた。

キリキリ、キリキリと、何かが嚙《か》みちぎられていく繊細な音がする。

そして、スー……と、痛みが引いていく。

痛みだけじゃない。自分の体を害していたあらゆるものが、消えて無くなる。

そういう感覚だけがある。

あらゆる呪いを嚙みちぎることができるのは、カミキリムシの精霊・キルスの能力だろう。そこに別の精霊の強力な治癒魔法、修復魔法を付加しているようで、みるみるうちに傷は治り、破れた衣服まで見事に修復されていく。

「ネロさん!?」

「おいネロ、傷が……」

僕の顔色がすぐに良くなったのだろう。

ベアトリーチェやフレイ、この場にいる者たちがすっかり驚いている様子だった。

特に、この国の騎士団の人間や第三王子は面食らっている。

何に驚いているのかというと、僕の呪いや傷が癒《いや》されたことではなく、ここにこの方がやって来たことだろう。

僕は、何度か安定した呼吸を繰り返した。

命の危機は脱したとわかったからだ。

そして、ゆっくりと起き上がると、わざわざここに訪れ、僕の命を救ってくれたシャトマ女王陛下の前で跪《ひざまず》き、胸に手を当てる。

「お手を煩わせ申し訳ございません、陛下。ご慈悲に感謝致します」

「なに。手のかからぬそなたに、してやれることをしてやったまでのこと」

「兄さんは」

「……カノンか？　あいつは行くべき場所に行っている。案ずるな」

そうか。兄さんが動いたか。

ならばもう、何もかも大丈夫な気がしてきた。

「フレジールの女王陛下？　どうしてあなたがここに？」

救世主の少女アイリが、シャトマ女王陛下に気が付いた。

その後すぐに、フレイも「あああっ」と大きな声を出す。こいつも面識があったのか。

「この人！　フレジールの女王様！　確かにそうだ！」

「しっ、フレイ貴様、声が大きいぞ！　そして無礼だ！」

ギルバート王子がフレイの口を塞ぎ、女王陛下を指差すその手を摑《つか》んで下ろした。

シャトマ女王陛下はクスクス笑いながら、レピスに目配せした。

レピスはその視線だけで女王陛下の意図を汲《く》み、僕らの周囲を簡易な結界で囲ませる。

他の生徒たちに、この場の様子や会話を隠すためだろう。

その様子を見て、賢いベアトリーチェ・アスタは口を噤《つぐ》んで、多くの疑問をグッと飲み込み、この場に留《とど》まることを選んでいた。

「つーか何で女王様が庶民のネロを⁉　そして何でうちの学生服⁉」

「ふふ。似合っておるか？　ずっとこの学校の制服を着てみたいと思っていたのだ。この学校の制服はかわゆいからのう」

「か、かわゆい……」

シャトマ女王陛下は無邪気な様子でクルッとターンし、ルネ・ルスキアのローブを優雅に翻して見せた。一応、変装の意味もあるのだろう。

「陛下、申し訳ありません。我が一族がこのような事態を引き起こし、取り返しのつかないことを……っ」

レピスもまた陛下の前で跪き、深く頭を下げていた。

その声は、まだ僅《わず》かに震えていた。

「案ずるな、レピス。そなたはこの一年間、多くの任務をこなし、よく頑張ってくれた。あとは我々に任せよ」

「……はい、陛下」

レピスは悔しそうだった。

歯を食いしばり、密《ひそ》かに泣いているその顔を、僕は見た。

「えーと。よくわかんねえんだけど、どういうこと？　レピス嬢とネロは、フレジールの女王様の関係者だったのか？」

頬を掻《か》き、困惑しつつも、フレイは意外にも話についてきている。

「察しがいいではないか、第五王子殿下。その通り、レピス・トワイライトは妾が勅命をもってこの国に派遣した軍属魔術師だ。そしてそこのネロ・パッヘルベルもまた、我が国の特務少尉である」

フレイは多分、陛下が期待した通りの「ええええ、軍人!?」みたいな驚いた反応をしていた。

「しかしネロに至っては、それこそ仮初めの姿でしかない。この者の本当の名は……」

「陛下……っ」

僕は思わず面を上げ、口を挟んだ。

しかしシャトマ女王陛下は僕を見下ろし、小さく首を振る。

もうそれを隠す時ではない、と言うように。

「…………」

僕はその御心に従うことにして、覚悟して、立ち上がる。

シャトマ女王陛下は僕の方に手を差し向けながら、この場にいる者たちに告げた。

「この者の本当の名は、ネロ・アレクセイ・ヴァース・エルメデス。我が国に亡命した、エルメデス帝国の王子殿下である」

○

このメイデーアには、北方にエルメデス帝国という国家がある。

広大な土地を持つが肥沃《ひよく》な大地は少なく、年中灰色の空をしていて、飢えと寒さと魔物の脅威によって民が苦しむ殺伐とした国だ。

そこには歴史の長い王族が住んでいたが、十年前の軍部のクーデターによって、当時の皇帝、および王族のほとんどが殺され、生き残った王族も軟禁された。

現在はお飾りの皇帝が玉座に鎮座し、その娘と結婚した軍部の総統によってエルメデス帝国は支配されている。

エルメデス帝国が軍事力を拡大させ、侵略行為を激化させたのは、その頃からである。

このクーデターがあり、魔物の軍用化、トワイライトの一族による転移魔法の開発が推し進められることとなった。全ては繋《つな》がっているということだ。


ネロ・アレクセイ・ヴァース・エルメデス――

皇帝の祖父、そして王位継承権第一位の父を持つ王子の名だ。

当時の僕は、ネロではなくアレクセイという名前で呼ばれていた気がする。

帝国の王族は、血が濃いほどに特徴的なマゼンタ色の瞳を持っていて、僕もまた、皇帝の祖父や父と同じように、王族たらしめるその瞳の色を宿して生まれてきた。

あのクーデターの日、僕はまだ六歳だったか。

皇帝の祖父も、父も母も、就寝時に襲撃され、銃殺された。

僕もあの日、同じように軍部の連中によって殺されるはずだった。

しかし僕を殺しに来た軍人の中に一人、異国のスパイが紛れ込んでいたのだった。

金髪に、柘榴《ざくろ》色の瞳を持つ男。

その男は、殺されそうになっていた僕を抱えて炎に包まれた王城より脱出し、僕を、僕だけを助け出したのだった。

名前は、カノン・パッヘルベル。

フレジール皇国という、西方にある大国の軍人であった。

「どうして僕を助けたのですか。フレジールと言えば、エルメデスと長く睨《にら》み合いが続いている、敵国でしょう」

「お前には、生きてやってもらわねばならないことがある」

「今の僕に、何ができると」

「未来に大きな戦争が起こる。お前はその時、世界にとって必要な駒……切り札なのだ」

カノン・パッヘルベルは淡々とした口調で、そう告げた。

僕はその後、帝国の王子という身分を隠し、このカノン・パッヘルベルという軍人の弟として生きていく。幸い髪の色が少し近くて、周囲にはあまり違和感を抱かれなかった。

兄さん――カノン・パッヘルベルのことを、周囲の者たちは〝死神〟と呼ぶ。

確かに少しも笑わないし、冷徹なところもあるのかもしれない。

しかし僕にとって兄さんは命の恩人であり、多くのことを教えてくれた人だった。甘くないけれど、優しいと思っている。

後からわかったことなのだが、兄さんの生まれもまた、エルメデス帝国であるということだった。しかしこの人に祖国への想《おも》いはなく、その忠誠はただ一人の、フレジール皇国の王女に向けられていた。

その王女、シャトマ姫様もまた、何の躊躇《ちゅうちょ》もなくカノンという男を信用し、懐刀として側においていた。

シャトマ姫様と、カノン兄さん……

不思議な関係だと、当時からずっと思っていた。

当時はまだ、僕とそう変わらない幼い姫でありながら、すでに大人以上の知恵と思想を併せ持ち、また類《たぐ》い稀《まれ》な魔法の才能を宿していた。

とはいえ当時の姫は、自分に力があることをひた隠し、したたかに事を進めていたと思う。国王の父や兄殿下らに対して幼い娘らしく振る舞い、いつか自分が王座を奪うなど、誰にも、微塵《みじん》も悟られぬように。

そうして彼女は、虎視眈々《こしたんたん》と準備を進め、将軍となったカノン兄さんとヴァベル教国のエスカ司教猊下《げいか》を後見人に、フレジール皇国の女王陛下の座についた。

僕がルネ・ルスキア魔法学校に入学したのも、女王陛下の勅命である。

フレジールの留学生ではなく、一般の試験を受けて庶民として入学したのは、僕とフレジールの繋がりを、出来る限り隠したかったからだ。

僕はわかっていた。

大魔術師たちの采配《さいはい》により、何か意味があってこの場所に配置されたこと。

初めてルネ・ルスキア魔法学校に来た時、噴水の水越しに見たこの国の空はどこまでも青く、海はキラキラと眩《まぶ》しく、降り注ぐ太陽の光が暖かいと思った。

緑も実りも豊かなこの国が、あまりに自分の祖国と違って、目眩《めまい》がしそうだった。

そして噴水越しに、たまたま見た君の赤い髪が、とても美しいとも……

あの時は、なぜ自分がこんな場所にいるのか不思議だった。

だが今ならば、僕がここに寄越《よこ》された意味が、なんとなくわかるのだ。

ねえ、マキア。

君が作ったガーネットの9班は、誰もがこの世界の重要な〝駒〟だった。

紅《くれない》の魔女の末裔《まつえい》。

黒の魔王の末裔。

ルスキア王国の王子。

エルメデス帝国の王子――

そんなことを何一つ知らなかったくせに、君は僕たちを見つけ出し、そして手を差し伸べた。まあ、そうなったら面白いなと思って、上手《うま》く駒を配置した人物がいたことも確かだろうけど……

それでも君が僕たちを選んで、僕たちも君を選んだ。

ルネ・ルスキア魔法学校という平和な箱庭で、僕たちが積み上げた友情と信頼は、きっとても純粋なものだったと思う。

隠し続けた事情が、たとえ全て暴かれたとしても。

僕らの繋がりは、絆《きずな》は、未来を変える力となるだろう。

この先、僕たちはまた別の場所に配置され、メイデーアという名の盤上で踠《もが》く駒となる。

だけど僕は信じている。

全てが終わった時、誰一人欠けずにそこにいて、再び四人が揃《そろ》って笑いあえると。

僕たちの一年間は、ガーネットの９班は、とても眩しかったよ。

確かにここにあった青春の日々が、それぞれの選ぶべき道に、きっと導いてくれる。

第二話　この世界で最も祝福された男

その日――

エルメデス帝国の大転移魔法陣が、ルネ・ルスキア魔法学校に強襲を仕掛けた。

大転移魔法陣から帝国の大鬼《オグル》たちが無数に降りてきて、この学園島に侵入したのだ。

ルネ・ルスキアの周囲には敵の結界が張られ、生徒たちは外に逃げることも、王宮の助けに頼ることもできず、地下ラビリンスに立てこもっている。

ユリシス先生が魔法で大転移魔法陣を破壊したが、帝国側の魔術師たちはこの大転移魔法陣を修復しつつあるのだった。

私、マキア・オディリールは、学園島の中央にある灯台へと向かっていた。

共にいるのは、騎士のトールと、エスカ司教だ。

ルネ・ルスキア魔法学校の上空に帝国の大転移魔法陣が展開してから、三時間以上が経過している。

修復中の敵の大転移魔法陣から、無尽蔵に魔物が降りてくる事はない。

しかし、一度目の大転移魔法陣を使って降り立ち、学園島に侵入している大鬼は、すでに大勢いる。

私たちはできる限り敵と遭遇しない道を選びながら、エスカ司教の先導のもと学園島の中心にある灯台にいるユリシス先生のもとへと向かっている。私たちがユリシス先生のもとに行けば、この状況を打破する方法を見つけることができるかもしれないからだ。

しかし、その道中、

「空が真っ赤だわ」

まだ真昼の時間帯だというのに、急に空が、黄昏《たそがれ》色に塗り替えられた。

それを見たトールが、驚いた声を上げていた。

「まさか、トワイライト・ゾーンか……」

エスカ司教は「ああ、その通りだ」と言って、それを横目で見上げながら舌打ちする。

「あれはトワイライトの一族を代表する秘術の一つ。範囲を設定し、意図的に夕暮れ時を作るものだ。夕暮れ時は魔法の効果を三割程度上昇させるからな。そうやって、効果を高めて、短時間で大転移魔法陣を再展開するつもりだろう」

「そんな……っ」

確かに、夕方は魔法の成功率が上がったり、効果が最も高まりやすかったりすると言われている。

夕方という事象を、意図的に作ってしまう魔法があるなんて知らなかった。

しかしその魔法こそ、トワイライトの一族の名にふさわしい魔法でもあると、エスカ司教は淡々と語った。

「だが慌てるな。あの魔法、こっちにとって悪いことばかりじゃねえ。トワイライト・ゾーンの範囲内にいれば、俺たちの魔法効果だって三割増しになる。この術は敵の魔法すら効果を引き上げてしまう諸刃《もろは》の剣でもある。それでも急いで大転移魔法陣を展開する必要がある……ってことなんだろう」

「敵も焦っているのでしょうか」

「まあ、そういうことだろうな。俺たちは急いで灯台に向かえばいい」

エスカ司教は沿岸部から林道へと曲がった。

私たちはそれについて行きながら、林に充満している異様な匂いに顔を歪《ゆが》める。

「凄《すご》い死臭だ」

「薬の匂いもするわ……っ」

トールも私も、耐えきれず鼻や口を押さえた。

「嗅《か》ぐんじゃねえぞ。この辺は大鬼殺しの毒が散布された場所だ。人間の体にも、決して良《い》いもんじゃねえ」

と言いつつエスカ司教だけは鼻を押さえることもなく、持っている司教杖《づえ》で強く地面を突く。

するど周囲を円環状に風が吹き、漂う毒と死臭を風の魔法で吹き飛ばした。この人は当たり前のように無詠唱だ。

ふと、エスカ司教の目の色が変わった。

「持ってろ」

「え、わ」

彼は私に司教杖を押し付け、懐から小型の銃を取り出す。

鋭い視線を周囲に走らせ、体勢を低くしながら前方に飛び出した。

「!?」

何が起こっているのか理解する前に、銃声が何発も響いた。

前、真横、林の木々に隠れる大鬼を、司教は走りながら次々に狙い撃ったのだ。

銃声の数だけ大鬼の短い断末魔の叫びが聞こえる。それほどの大鬼に囲まれていたとは気がつかなかった。

「グオオオオオオ」

耳障りな叫び声を上げながら、木の上より飛び降りてきた大鬼に気がついた。

「司教！　危ない！」

エスカ司教は頭上を狙われたが、ギザギザした歯を見せてニッと笑う。

直後、エスカ司教は体を捻《ひね》って大鬼の振るう爪を回避し、その脚を回して大鬼の首を捉《とら》え、そのまま激しく地面に叩《たた》きつけた。

「え」

大鬼を中心に地面がボッコリと沈み込んでいる。それほどの衝撃。

それは、人間のただの回し蹴《げ》り。

そんなもので、屈強な肉体を持つ大鬼を仕留めてしまうのも信じられないが、よくよく見ると、司教は自分の脚に熱を凝縮したような洗練された炎を纏《まと》わせていた。

これは、以前私に教えてくれた【火】の魔法。

大鬼は火や熱の魔法に弱いから、脚にそれを纏わせたのだ。

この、命のやり取りをする刹那《せつな》で。

「はあ～、この服だとマジ蹴り技使いづれーわ」

エスカ司教は余裕綽々《よゆうしゃくしゃく》で、乱れた司教服を整えている。

「雑魚《ざこ》どもが。最強の俺様に敵《かな》うと思うなよ」

言っていることは超小物くさいのに、実際に超強いエスカ司教。

私もトールも呆気《あっけ》に取られていた。

「おいこら、ボサッとしてんな。この先、ずっとこんな感じだぞ！」

エスカ司教は私から司教杖を奪うと、代わりに自分が使っていた銃を私に押し付けた。

「え？」

「え？　じゃねえ。鈍い女だな。それを使ってテメーで大鬼を倒せ。一瞬でも躊躇《ちゅうちょ》したら死ぬ。殺すか殺されるかの世界だ。ほら右！」

エスカ司教の命令に咄嗟《とっさ》に反応し、私は右から襲いかかってきた大鬼に向かって銃口を向けて、引き金を引いた。

引き金を引く瞬間、スッと頭の中が冷静になり、迷いは無かった。

そういう自分に、後から驚かされたのだった。

「お嬢、いつの間にそんな芸当を⁉」

「はっ」

あれ。私ってばすっかりエスカ司教に鍛え上げられて、銃を当然のように使えるようになっていたんだわ……

今までも何度か、エスカ司教に教わったことが生きた場面があった。

やはりこの人に教わったことは、この先を生き抜くために必要なことだったのだ。

当のエスカ司教はというと、懐から新たな武器を取り出しながら、ニヤニヤしている。

「いいぞ、マキア・オディリール。お前は本番に強いタイプだな。戦闘の実戦を積むことでもっと強くなれるぞ。まあでも、一発当たっただけで切り抜けられるほど戦場は甘くねえ。まずは俺様のように体をもっと鍛えねーとな！」

「わ、わかりました！」

「いやダメです！　お嬢は貴族のご令嬢ですよ！　あんたみたいなムキムキ戦闘狂になったらどうしてくれるんですか！　お嬢も素直に返事しない！」

トールに叱られてしまったけれど、大丈夫。そんなに心配しなくていいわ。

私がどれほど頑張っても、エスカ司教のようにはなれないだろうから。

何匹殺しても、きっと。

再び林道を小走りで進んだ。

先頭をエスカ司教が行き、私が真ん中で、トールが後ろで周囲を警戒してくれている。

大半はエスカ司教が倒してしまうのだけれど、進めば進むほど大鬼と遭遇する。

背後から勢いよく追ってくる集団もいて、トールが氷魔法で後方に氷山を作り、足止めする場面もあった。

だけどスッと、大鬼たちの気配の無くなった瞬間があって、私たちはそれに違和感を抱いて足を止める。

「はっ。やっとお出ましか。トワイライトの魔術師ども……」

いつの間にか、周囲を黒いローブの魔術師たちが取り囲んでいた。

フードを深く被《かぶ》り、口元は鉄のマスクで隠している。

その風貌《ふうぼう》から、この者たちがトワイライトの魔術師だとわかる。

宙に見えづらい空間の足場を作り、その上に乗っているため、まるでふわふわと浮遊しているかのようだ。

上方から冷たい視線で見下ろされると、私は酷《ひど》く緊張してしまう。

トワイライトの魔術師には、ガーネットの9班の誰もが酷い目に遭わされた。

特にレピスやネロが大怪我《けが》を負わされ、私もトールも、彼らの魔法によって冷たい海に放り投げられたのだもの。ついさっきのことではあるが、それを思い出して、心臓がドッドッと高鳴るのだった。

こいつらは危険だ。

人を傷つけることを何とも思っていないし、私なんて全くついていけないほど素早い動きで魔法を行使する。

だが、トワイライトの魔術師たちは私たちを遠巻きに見ているだけで、攻撃はおろか、近寄ってもこないのだった。

「……聖灰がいるよ」

「チッ。生臭司教が」

「やめろ、単独で向かっても敵わない。そいつは大魔術師《ロード》クラスだ」

トワイライトの魔術師たちは、ボソボソと何か言い合っている。

どうやらエスカ司教のことを知っていて、彼を激しく警戒しているようだった。

大魔術師《ロード》クラス……って何？

聞きなれない単語に私は首を傾《かし》げたが、なかなか近寄ってこないトワイライトの魔術師に対し、エスカ司教は顎《あご》を突き上げて大爆笑している。

「くっはははははははっ！　そうだ間違っちゃいねえ！　お前たちじゃあ、俺には絶対に勝てない！」

エスカ司教は、人差し指をビシッと敵に向け突きつけた。

「勝てないことを知っている！　なぜなら俺は大魔術師の一人で、お前たちトワイライトの黒ハエは、大魔術師の血を引いているに過ぎないからだ！」

「……っ」

黒ハエと呼ばれて、流石《さすが》に怒りを露《あら》わにし始めるトワイライトの魔術師たち。

しかしエスカ司教は「ギャハハ」と笑って仰《の》け反《ぞ》った。

煽《あお》ることをやめられない、止まらない司教。

なんだかこっちの方が悪者に見えてきた……

「黒ハエどもよ！　帝国の奴隷に成り下がり、必死こいてあの大転移魔法陣を作ったことは認めてやろう。並の魔術師であれば、あんなものは作れねえ。ま、だからって俺様には敵わねえけどな！」

「こ、こいつ……っ」

ここで司教様は声のトーンを落とし、皮肉っぽく目を眇《すが》める。

「しかし〈黒の魔王〉の空間魔法は、お前たちには過ぎた魔法だ。手に負えてねえ。テメーらの擦り切れたぼろ雑巾《ぞうきん》みたいな体がそれを物語っている。ローブや仮面で隠しているようだがな」

「黙れ聖灰！」

「我々は肉体を失っていくことを承知の上で〝黒〟の魔法を継承し続けているのだ！」

トワイライトの魔術師たちが、耐えきれず叫んだ。

数人が戦闘態勢に入ったのがわかって、私もトールも身構えた。

「ほほーう。俺様とやろうってか。ならば俺様は、誤った道を猪突《ちょとつ》猛進中の貴様らを全員ぶっ殺し、ぶっ殺し、ぶっ殺し！　一人残らずその苦しみから解き放ってやる。救済こそが俺様の務め……ああ、メー・デー」

気がつけばライフル二丁を抱えていたエスカ司教。

げ、と思った時には容赦無く乱れ撃ち。

銃声とエスカ司教の高笑いだけが響き渡り、私もトールも慌てて身を屈《かが》めた。

流れ弾に当たったら一溜《た》まりもない。更には身を屈めるだけでは避けきれないと判断し、私とトールは魔法壁を頭上に張った。

敵も自分を守る魔法壁を張っているが、これが全く役に立たない。

驚いたことに、エスカ司教の銃弾は、敵の魔法壁を簡単に破ってしまうのだった。

それはもう、針を突き立てた風船のように。

「チッ」

「ぎゃあ」

「逃げろ！　戦おうとするな！」

先ほどまで司教に闘志を燃やしていたトワイライトの魔術師たちですら、先手を打たれて手も足も出ない。

敵は狩人《かりゅうど》に追われるウサギの如《ごと》く、逃げ惑うしかないのだった。

「オラオラオラオラ！　当たったら死ぬぞ！　くっははははは！　ていうか死ね！」

無茶苦茶だけど、無茶苦茶だけど、やはり強い。

司教は只者《ただもの》ではないと思っていたけれど、こうまで差があるのは何故《なぜ》だろう。

私たちではまるで相手にならなかったトワイライトの魔術師たち。

それでも、このエスカ司教に勝てる気がしてこないのだ。

ぶっ放しているのは、ただのライフルに見えるのに。

「黒の箱《ブラック・ボックス》の回収は諦《あきら》めろ！　全滅するぞ！」

「し、しかし」

「いいから逃げろ！　我々では絶対に勝てない！」

　リーダー格と思われる年配の男の声が必死だった。

　この場にいるトワイライトの魔術師たちに、何度となく撤退を命じている。若い者たちこそ、何とか戦おうとしていたようだから。

　だけど、一つだけ分かった。トワイライトの魔術師たちの目的は、黒の箱《ブラック・ボックス》……

　屈みながらも、私とトールは敵の狙いを確認しあう。

「黒の箱《ブラック・ボックス》って、トールが使った魔法よね」

「……ええ。黒の箱《ブラック・ボックス》とは、正しくは〈黒の魔王〉の魔法の全てが記された秘術書であり、魔法道具なのです。先ほど一度発動したことで、今は俺が持っているということに、敵側は気が付いたのだと思います」

　確か、黒の箱《ブラック・ボックス》とは、元々はレピスが持っていたもの。トワイライトの魔術師たちはレピスにその在り処《か》《あ》を吐かせようとしていたから。

　当の奴らは、素早く銃弾を避けつつ、全員が後退し、この場から逃げ去ったようだった。

「……はっ。逃げ足の速さだけは一流だな。流石は黒ハエ」

　銃撃の音が止み、エスカ司教のボヤキが聞こえたことで、私もトールも顔を上げた。

　周辺には穴ぼこの木々だけが残っていて、火薬の匂いが立ち込めている。

「司教様のライフルって、錬金術か何かで作っているのですか？　その威力、ただのライフルじゃないですよね。魔法壁も簡単に破ってしまうし」

私は制服のスカートの土埃《つちぼこり》を払いながら、質問する。

「はっ。ただのライフルでも、錬金術でもねえよ。俺の武器は全部、精霊だ」

「……精霊？」

司教は得意げな顔をして、今しがた使ってみせたライフルを私に見せつける。

「乗算召喚ってやつだ。いくつかの精霊を掛け合わせ、命令通りの姿形で召喚する。俺は精霊たちを、あらゆる武器の形で召喚しているって訳だ」

乗算召喚――

一年生の精霊魔法学では、まず触れることすらない、超難度の精霊召喚方法だ。

名前だけなら聞いたことがあるが、間近でお目にかかったことはない。

「魔法ってのは奥が深《ふ》けえ。方法が違っていても結果的に同じことができたりする。錬金術で武器を生み出したり、精霊を武器として召喚したりするのが、いい例だ。あとはまあ、転移魔法で強力な武器を手元に転移させるってのも、結果的には同じだな。問題は自身にどの魔法が向いていて、どの魔法がより効果を引き出しやすいかって話だ」

ここでエスカ司教のお説法、というか魔法講座が始まる。

「俺は、錬金術はあんまり性に合わねー。転移魔法もしかり。ゆえに精霊魔法がメインになる。中でも乗算召喚は、複数体の精霊と契約してねえと成り立たねえ魔法だ。精霊と精霊を掛け合わせる訳だからな。精霊との契約数が多ければ多いほど、乗算召喚は可能性を広げ、効果を発揮する。故に、使える者はごく少数に限られる」

「要するに、猊下《げいか》は、かなりの数の精霊と契約しているということですか？　あれほど多くの武器を召喚している訳ですから」

トールの鋭い質問に対し、エスカ司教はニッと笑って、

「まあそういうこった。俺様が契約している精霊はザッと百体。姿を見せることはほとんどねえが、聖地育ちの上品な精霊ばかりだぜ」

「ひ、ひゃく……」

その数字にも驚かされるが、私とトールは横目に見合った。

うん。トールの言いたいことはわかるわ。

聖地育ちの上品な精霊たちを、銃とかバズーカとか、手榴弾《しゅりゅうだん》とかライフルにしてガンガンに使い倒しているのもどうなのでございましょうか？　ってことよね？

そもそも、エスカ司教が精霊を連れている姿を見たことがない。魔物であるウィル・オ・ウィスプを連れていたことはあったけれど。

この人は基本的に無詠唱だし、使っているのが〝精霊魔法〟であるということすら、今初めて知った。私はてっきり、武器は転移魔法でどこからか持ってきているのかと思って

いた。

しかし、おそらくそれこそが、エスカ司教の強みなのだろう。

何をしているのか理解できないうちに、全てが終わっている。

ユリシス先生がエスカ司教を私の指導役に付けたのは、そういうところをしっかり見て学べ、ということなのだろう。私も、このスピード感を身につけなければならない……と、そんなことを考えていた時だった。

エスカ司教の視線が一際鋭くなって、ある場所に向けられる。

その表情は酷く険しい。

「チッ。大本命のご到着か……」

皮肉たっぷりの物言いの、すぐ後。

穴ぼこだらけの木の後ろから、そろっとこちらを覗《のぞ》き込んでいる〝何か〟に、私は気がついた。

「……あ……っ」

ジェスターハットと仮面をつけた、青いピエロ。

密《ひそ》かに、だけど確かに、私は呼吸を止めた。

心臓が止まりそうなほどの恐怖と衝撃を受け、思わず一歩後ずさる。

トワイライトの魔術師に対する恐怖とは一線を画す。

私が酷く緊張したのを、隣に立つトールも感じ取ったようだった。

彼もまた険しい表情になり、腰の剣に手を当てて青いピエロを睨《にら》んでいた。

私たちは、この青いピエロに会ったことがあるのだった。

「青の……道化師……」

そう。

このピエロは歴史上〈青の道化師〉と呼ばれる、メイデーアの厄災の象徴。

そして半年ほど前に、守護者の一人であったユージーン・バチストの肉体を乗っ取り、彼に成りすましてルスキア王国の秩序を乱した。

「おっ、おっ、お久しぶりですぅ〜、マキア・オディリール。そしてトール・ビグレイツ。そしてそしてそして、偉大なる灰かぶりの司教様！」

青いピエロは軽快な動きで木の裏側からヒョイっと出ると、手を大きく広げて、わざとらしいお辞儀をしてみせる。

そして表情の変わらない仮面をつけたまま、首を傾げた。

「司教様の方は〜、前に会った時より、随分と人相が悪くなりましたァ？」

「はっ。テメー様のおかげでな！」

司教もまた、わざとらしく鼻で笑う。

「俺も会いたかったぜ、青の道化師。会いたくて会いたくて、毎晩気色わりー青ピエロの夢を見る。実に三百年ぶりってところか」

三百年ぶり……？

聞き間違ったのかと思ったが、きっとそうではないだろう。

隣でトールも、同じ疑問を声に出して囁《ささや》いたから。

しかしありえない。一体どういうことだろう。

全く理解ができないが、〈青の道化師〉とエスカ司教の睨み合いがあまりに緊迫していたので、冷や汗が一筋、ただただ私の頬を流れた。

トールもまた、隙さえあれば剣を抜いて斬りかかる構えだったが、

「てめえらは絶対に動くな！」

エスカ司教が声を張り上げた。

そのせいで、私もトールも全く動けなくなる。

これは何の魔法だ。ガッと、体に重みが増した気がする。

「覚醒《かくせい》前の子どもたちを守りますカ？　つくづく損な役回りですねェ？」

「うっせえ。俺様こそがテメーをこの手でブチ殺したいだけだ」

青の道化師は口に手のひらを添えて、わざとらしく笑う。

「フフフ。フフフ。あなたは酷《ひど》く厄介です。全てが他の大魔術師《ロード》クラスに劣るくせに、あなたしか持っていないもののせいで、何事もあなたに風が吹く」

「そうでもねえさ。ままならねえことばかりで、イライラするぜ……」

エスカ司教らしい悪態ではあるものの、その形相や声音は怖いほど冷静で、まるであのエスカ司教ではないような……

「聖地の加護？　ヴァビロフォスの寵愛《ちょうあい》？　司教様ほど大樹に愛され、この世界に愛された男もいないでしょう。その高すぎる〝幸運値〟のせいで、あなたの肉体だけは乗っ取れないし、どうしても殺せなイ？」

青の道化師は、表情のない仮面を前に突き出し、嘲笑《ちょうしょう》する。

「誰もあなたを殺せない。あなたは、自殺以外では死ねない男ですかラ？」

「…………」

その言葉もまた、理解することができない。

だって、言葉を文字通りに受け取るには、あまりに……

「ふん。てめえのようにしぶとくて、悪運のツエー奴に言われたくねえ嫌みだな」

エスカ司教は無機質な反応をする。

いつもの荒々しく感情的な司教様とは思えない。

彼が挑発に乗らないからか、

「フフフ。ねえ、あなたもそう思うでしょう？　マキア・オディリール」

青の道化師は、いきなり私に問いかけた。

仮面越しでも、青の道化師の異様な視線が私を貫く。

私はビクリと肩を上げ、口を曖昧《あいまい》に開いて、どう返事をすべきか戸惑っていたが、

「喋《しゃべ》るな！　マキア！」

エスカ司教が怒鳴ったので、私は反射的に口を噤《つぐ》んだ。

青の道化師は面白くなさそうに足元の小石を蹴《け》る。

「まあ良《い》いでしょう。第二ラウンドはすでに始まっているのですカラ？　あなた方には面白いところを見せていただかないといけませんカラ？　パーティータイムは終わらない、ですカラ？」

そして、青の道化師は以前と同じように、足元から生えた蔦《つた》に巻かれていく。

司教は銃を構えて迷わず道化師を撃ったが、全てを蔦が弾《はじ》いてしまう。

蔦は道化師を覆いつくした後、萎《しぼ》んですぐに朽ち果てた。

だけどまだ、どこからかあの青いピエロの笑い声が聞こえる気がする。

異様な姿、口調、そして魔法が、相変わらず不気味だった。

カランと落ちて、その場に残されたのは仮面のみ。その仮面すらエスカ司教は銃で撃ちつけ、粉々に破壊する。

まるで、本物を捕らえきれないからこそ、その憤りをひたすら仮面にぶつけているかのように。この人でも仕留められないなんて……

しばらくして銃声が止み、エスカ司教は「はあー」と長いため息をついて、私たちに背を向けたまま述べた。

「お前たちは、ユージーン・バチストがあいつに体を乗っ取られたのを、知っているんだろう」

「……はい」

「なら、覚えておけ。青の道化師に体を乗っ取られるきっかけは〝言葉の掛け合い〟だ」

「言葉の……掛け合い？」

エスカ司教が銃を懐に仕舞いながら、視線だけをこちらに向ける。

「奴の〝特定の問いかけ〟に対し〝特定の返事〟をすること。それが呪文《じゅもん》を帯びて、傀儡《かいらい》の魔法となる。だが奴は常にムカつく質問口調で、言葉巧みな道化師だ。どれがその特定の問いかけなのか、今もまだわからねえ。俺だけは奴に乗っ取られることがねえから、尚《なお》更《さら》だ。もうずっと昔……そう、三百年前から」

また、三百年前。

まるでそういうことが、今まで何度もあったかのような口ぶりだ。

エスカ司教は常日頃から悪態をつく生臭司教だが、こうも他者に対し憎悪を漏らすことはない。

聖者でありながら、確実に殺したい存在がある。

そういう覚悟を、もうずっと昔からしているような目だった。

「エスカ司教猊下」

トールが問う。

「三百年前というのは、どういう意味でしょうか。あなたはそれなりに若く見えますが、もしかして三百年もの月日を生きているのですか？」

「ハッ。まさか」

エスカ司教は私たちの方に向き直る。

意味深な視線でトールを見据え、そして私の方にその視線を流した。

「だが、三百年前に俺様が存在していたことも事実だぜ。俺様はメイデーアの歴史上に名を連ねる大魔術師《ロード》クラスの一人……転生を果たして、再びこの時代を生きている者だ」

「……ロード……クラス？」

先ほどトワイライトの魔術師の一人が、その単語を発していた気がする。

「あなたは、三百年前に存在した大魔術師の生まれ変わりだとでも言うのですか？」

その問いかけは、驚きより先に、私の口から吐いてでた。

「マキア・オディリール。お前がそれを信じねえのはナシだぜ。お前にだって前世の記憶があるだろう？」

「それは……」

それは確かにその通りだ。

私が〝転生〟を信じない訳にはいかない。

私には、異世界で普通の女子高生として生きていた人生の記憶が、確かにある。それはアイリの存在でも裏付けることができる。

「あなたはもしかして〈聖灰の大司教〉の生まれ変わりですか？」

トールはやけに冷静で、私より先に、このエスカ司教に相当する当時の大魔術師の名前を挙げた。

いくつかの質問を飛び越して、まどろっこしいのは抜きにして、一刻も早く答えに辿《たど》り着きたいというような、トールの目。

エスカ司教は少し黙ってトールを見ていたが、やがてフッと鼻で笑う。

「ああ、その通り。察しのいいガキってのは、ムカつくなあ」

「……髪の色ですよ。とりわけ規格外だった大魔術師たちは、髪の色の二つ名を与えられたと聞いたことがありますから」

「ああ、なるほど。確かにな」

エスカ司教は自分の髪を摘《つま》んだ。確かにこの人は、灰色の髪をしている。

私は目をパチクリとさせ、そして、その大魔術師について思い出していた。

「聖灰の……大司教……」

それは三百年前、ヴァベル教の総本山ヴァベル教国を設立した偉大な人物だ。

聖地を管理し、世界中にいる信者たちの支持もあって、ヴァベル教国は小国家でありながら、今も強大な権力を持っている。大司教、そして巫女《みこ》の声は、どの国の王も要人も無視できないと言われているからだ。

ある意味で、このメイデーアと言う世界を支配しているのは、ヴァベル教なのである。

そしてヴァベル教をここまで大きく布教し、国家を築いたのが〈聖灰の大司教〉なのだ。

しかし、三百年前の〈聖灰の大司教〉は相当な人格者であり、自己犠牲の権化であり、聖人君子であったと歴史の教科書に載っていた。

今のエスカ司教は……ええっと……

「聞け。メイデーアと言う世界は、歴史に名を連ねる大魔術師が、その魔法で時代を動かしてきた世界だと言われている。しかし実際はたった〝十人〟の大魔術師《ロード》クラスと呼ばれる者たちが、数百年ごとに、ランダムに転生を繰り返しているだけなのだ」

「え？　十人？」

「ランダムに……？」

どういうことだろう。

歴史上、大魔術師と呼ばれている人間はとても多く存在している。

その中でも突出し、色の二つ名を与えられている人物は、確かに限られているが……

「この事実と、十人の大魔術師の情報を管理しているのが、ヴァベル教国でもある。なにせ、全ては聖地から始まっているのだからな」

「…………」

私とトールはしばらく言葉が出なかった。

情報を、どのように処理すれば良いのか戸惑っている。

「どうして今、そんな話を俺たちに？　ヴァベル教国が管理している世界の真実ということは、相当な極秘事項なのでは？」

トールは一層、神妙な面持ちだった。疑っている訳じゃないのだろうけれど、なかなか信じられずにいるのか、その話を自分たちにする意図がわからないという様子だった。

「何でって……クッハハハハッ！」

ただ、エスカ司教は膝《ひざ》を叩《たた》いて、大きな声で笑う。

「お前らもまた、俺たちと同じだからだよ」

私たちが、その話を十分に飲み込めていない最中——

事態は、私たちを待つことなく急変する。

どこからか、妙な地鳴りのような音が聞こえた。

いや、地鳴りというより、否応無《いやおうな》しに震え上がるほどの、獣の鳴き声だ。

「な、何？」

「まさか、まだ大鬼《オグル》が？」

私たちはキョロキョロと周囲を見渡した。

エスカ司教はハッと空を見上げている。

トールもまた、空を見て驚愕《きょうがく》の目をしていた。

私は彼らの視線を追う。

「え……？」

帝国の大転移魔法陣が、ついに修復されてしまった。

さらには、その大転移魔法陣の中央から、見たことのない〝何か〟が、顔だけを出していたのだった。

「あ、あ……あれって」

私の声は震えていた。

「ドラゴンだ……」

トールもまた、信じられないというように呟《つぶや》いた。

まさかと思ったが、ドラゴンの精霊を持つトールだからこそ、すぐに判断できたのだろう。しかしトールの精霊より、ずっと巨大で禍々《まがまが》しく、獣らしさと野性味がある。

いまだ、その姿の全貌《ぜんぼう》を拝むことはできない。

しかし見えている部分だけでいうと、ゴツゴツした岩石のような赤茶色の肌と、黄色い瞳《ひとみ》、針のように細い瞳孔《どうこう》、鋭い牙《きば》だけがわかる。

痛いのか苦しいのか。

怒っているのか興奮しているのか。

大転移魔法陣の境目で暴れ、低く唸《うな》り声を上げているのだった。

「マジかよ。ドラゴンなんてどっから連れてきたんだ。ありゃ精霊じゃなく、本物のドラゴンだぞ」

あのエスカ司教ですら、驚きを隠せずにいた。

しかしトールは「ありえません」という。

「本物のドラゴンなど、遥《はる》か昔に絶滅したと言われているのに！」

「そうだ。しかしあれはどう見たって、本物のドラゴンだぜ。ドラゴンは魔物の中でも別格で、最上位の存在。神話時代の生命体。その巨大な体から噴き出る炎が、街を一つ焼いた神話があるくらいだ」

「……それって、要するに帝国は、ドラゴンをも従えているということですか」

私の声は小刻みに震えていた。信じられないという思いからだった。

「そういうことになるだろうな。青の道化師がムカつくほど余裕ぶっていた理由が、これでわかったぜ……」

パーティータイムは終わらない、ですカラ?

そう言った、青の道化師の嬉々《きき》とした不気味な声が、思い出される。

エスカ司教は長い司教服を荒々しく翻しながら、私たちの前を急いだ。

「事態は最悪だ。本物のドラゴンが召喚されてしまったら、ルネ・ルスキアはおろか、王都なんて一瞬で火の海だ。俺様や、あいつの力でも防ぎきれるかどうか。……さっさと灯台に向かうぞ」

「……はい」

頷《うなず》いて、司教様の言う通りにする以外、何もできない。

次々に訪れる不測の事態に、私の不安は募るばかりだった。


学園島の中心部にある灯台。私たちはやっとそこにたどり着いた。

灯台には、ユリシス先生が複数の精霊と共にいる。

ユリシス先生は真っ赤な夕焼け空に浮かぶ大転移魔法陣と、そこから顔だけを覗《のぞ》かせるドラゴンを見張っていた。

再び大転移魔法陣を破壊するタイミングを見計らっているのかもしれない。ドラゴンが顔を出し、時々鳴いて暴れているせいで、迂闊《うかつ》に手を出せないでいるようだ。

何の対策も無いまま、奴が一度火を噴けば、その熱はこの学園島を簡単に焼くだろう。

そうなってしまえば地獄だ。生徒たちは誰もが熱と火の海に沈む。

「おい腹黒クソ王子。えらいこっちゃ！　ドラゴンだ！」

「ええ、あれがひょっこりと顔を出すところから見ていたので、知ってますよ」

「ひょっこりって何だ！　テメーが愛《め》でてる精霊とは訳が違うんだぞ！」

「わかっていますよ。しかし凄《すご》いですねえ。かっこいいですねえ。精霊ではない本物のドラゴンなんて、僕も初めて見ました」

「何を嬉《うれ》しそうにしてやがる……っ！」

エスカ司教がユリシス先生の胸ぐらを摑《つか》んで喚《わめ》いても、ユリシス先生はどこ吹く風。

こんな時でも余裕のある佇《たたず》まいだ。

先生は連れてこられた私とトールをチラリと見て、胸ぐらを摑んでいたエスカ司教の手を軽く払った。

「で、どこまでお話ししましたか？」

「俺様は言ったぞ。こいつらに俺様が偉大なる〈聖灰の大司教〉の生まれ変わりだってな」

エスカ司教は自身にビシッと親指を向けながら、ぶっきらぼうに言った。

「気がはやいですね」

「テメーが勿体《もったい》つけすぎなんだよ！　こういうのは包み隠さず、最初に結論をドーンと言って、分かりやすく説明してやった方がいいんだ」

「あなたにしては優しいことを言う。流石《さすが》は徳の高い聖灰の大司教様ですね」

「その通りだ。俺様ほど慈悲深い奴はいない。そしてお前ほど腹黒く嫌らしい奴もいない」

ユリシス先生とエスカ司教、やはり反りが合わない。

だけど私は、彼らの会話の中で、一つ気になったことがあった。

「あの。ユリシス先生は知っていたのですか？　エスカ司教が〈聖灰の大司教〉の生まれ変わりだって」

私がおずおずと尋ねると、ユリシス先生が何か答えるより先にエスカ司教が「はあ？」と言って、口元と目元を歪《ゆが》める。

そして親指を、ビッとユリシス先生の方に向けた。

「何言ってんだ！　こいつだって〈白の賢者〉の生まれ変わりだぞ」

「…………」

「アホ面かますな。こいつの見た目の、驚きの白さからして分かりやすかろう」

「…………」

「まあこいつの腹ん中は、いつだって真っ黒なんだけどな！　わはは」

エスカ司教の渾身《こんしん》のジョークはどうでもいいとして。

私とトールはしばらく言葉を失っていた。

「え……えええええええええっ⁉」

ワンテンポ遅れた驚愕の果てに、とてもわかりやすい反応をしてみせた。

そりゃあ確かに、ユリシス先生は常日頃から〈白の賢者〉の再来と言われていたし、国内最強の精霊魔術師と名高い。

エスカ司教のいう通り、見た目も清々《すがすが》しいほどに白い。

しかし〈白の賢者〉がどのような魔術師かと想像した時、なんとなく勝手に、白髪のおじいさんのようなイメージを抱いていた。

今までずっと、近くで私を助けてくれていた、若く麗しいユリシス先生。

更にはこの国の第二王子様が、あの伝説の〈白の賢者〉の生まれ変わりだったなんて、私には全く想像できなかった。

「と、ということは記憶があったりするんですか？　その、五百年前の〈白の賢者〉時代の記憶が」

「もちろん。五歳で全てを思い出しました」

先生はにこやかかつ、ケロっとした顔でおっしゃる。

にわかに信じられないが……それならば納得できることもある。

ユリシス先生がこれほど規格外の力を持っていた理由。

——白の賢者。

——聖灰の大司教。

ここには、歴史の教科書にも載っているような大魔術師の生まれ変わりが、二人揃《そろ》っていることになる。

「しかし、そんな偉大な魔術師が二人も揃っているのなら、ドラゴンも脅威ではないのでは？　どうして俺やマキア嬢をここに連れてきたのですか？」

トールの冷静な疑問はもっともだった。

私とトールは、いったい何の為《ため》にここへ連れてこられたのだろう。

「言っただろう、お前たちも関係者だ」

「関係者っていうのは、その、どういうことですか」

エスカ司教は、さっきと同じ言葉を述べる。

「お前たちもまた、俺たちと同じような、歴史に名を残す大魔術師の生まれ変わりってことだ」

「……はい？」

いや、ちょっと待って。私たちが大魔術師の生まれ変わり？

いやいやいやいや。

私は知っている。私とトールの前世は、地球で暮らすごく普通の高校生だったはず。

「混乱させてしまい申し訳ありません、お二人とも」

ユリシス先生は私とトールに謝罪し、教師らしい口調で「それではおさらいしましょう」と言う。

「このメイデーアという世界は、大魔術師《ロード》クラスと称される〈十人の魔術師〉の魂が、転生を繰り返す世界です」

まるで、その真実を、私たちに擦り込むかのように。

「僕は〈白の賢者〉の生まれ変わり。エスカ司教は〈聖灰の大司教〉の生まれ変わり。そして……あなた方もまた、歴史に名を残す大魔術師の生まれ変わりなのです」

先生のシトラスイエローの瞳が鈍く光を帯びていた。

微笑《ほほえ》んでいたが、それはユリシス先生の安堵《あんど》を与える柔らかな微笑というよりは、大魔術師の威厳を湛《たた》えた、別ものの微笑に感じられた。

「俺たちが大魔術師の生まれ変わり？　何を根拠に申されているのでしょう、殿下」

「根拠はあるのですよ、トール君。大魔術師の生まれ変わり……すなわち大魔術師《ロード》クラスを判別する方法で最も有効なのは、魔法を使う際に必要とする〝第一呪文《じゅもん》〟なのです」

「第一呪文？」

第一呪文とは、自分の名前を取り込んだ、体内の魔力の扉を開く呪文だ。

私の場合、魔法の指示を出す前に付けるメル・ビス・マキア……というやつ。

「これは本来、一人につき一つしか作ることができず、一度設定してしまえば、それ以外を使うことは一生ありません。無詠唱で魔法を行使することはありますが、第一呪文は常に心の内側で意識しているもの」

確かにそれは、魔法を使う者ならば、誰もが知っている初歩的な心得だ。

一つしかないし、それが変わることはないから、第一呪文は魔術師の身分証明に使われることもある。

「しかしお二人には、もう一つ使ったことのある〝第一呪文〟があるはずです」

「……………」

確かに。

私にはもう一つ、魔法を行使する為の第一呪文がある。

「マキア嬢は〈紅《くれない》の魔女〉の第一呪文──マキ・リエ・ルシ・ア」

ユリシス先生はゆっくりと唱える。

「そしてトール君は〈黒の魔王〉の第一呪文──トルク・メル・メ・ギス」

まるで、教卓の前で、新しい呪文を生徒に教える時のように。

「前世の第一呪文を使えるかどうか。これが大魔術師の生まれ変わりを見極める方法」

ユリシス先生は黄昏《たそがれ》色の空を背負い、人差し指を口元に添えながら、告げる。

私たちにとっても、この世界にとっても、とても大事なことを。

「要するにあなた方は――〈紅の魔女〉と〈黒の魔王〉の生まれ変わりなのです」

私はゆっくりと目を見開いた。

改めて告げられた真実も相まって、鳥肌が立つ。私はそんな、自分の体を抱きしめる。

五百年前に確かに存在していた〈紅の魔女〉と〈黒の魔王〉。

私とトールが、その生まれ変わり？

「えっと、どっちがどっち……？」

「第一呪文でわかるだろうがマキア・オディリール！　オメーが〈紅の魔女〉で、トール・ビグレイツが〈黒の魔王〉だ」

いや、まあそうでしょうけれど。髪の色がそれを証明しているというし、一目瞭然《いちもくりょうぜん》だけれど、一応確認しておこうかなと思って……

エスカ司教は、稀代《きたい》の鈍チンを見たような顔をして私を見ている。

トールはというと、そう簡単に信用しないというような、疑念じみた低い声で言う。

「なるほど。俺に〈黒の魔王〉の魔法を教え込んだのは、それが理由ですか。あなた方は俺を騙《だま》し、俺を試していたのですね」

「調べていたと言え、いちいち卑屈なガキだな」

エスカ司教、スパンと軽快な音を立ててトールの頭をはたく。

トールは真顔のまま「いて」と言った。

「トール君が警戒するのも無理はありません。僕らはあなた方二人に目星をつけ、ずっと観察していた」

ユリシス先生は申し訳なさそうに眉《まゆ》を寄せつつも、真実を隠そうとはしなかった。

「僕やエスカ司教と違い、お二人は大魔術師だった頃の記憶を取り戻している訳ではないので、まだ何の実感も無いでしょう。ですが、ことが終息し次第、詳しいことは必ず全てお話し致します」

誠実な声音で、ユリシス先生は私たちにそう約束する。

「今ばかりはどうか、このルネ・ルスキア魔法学校を守るために、君たちの力を貸してもらいたい。この学園島は、かつて〈白の賢者〉の立案で、〈黒の魔王〉と〈紅の魔女〉の協力のもと作られています。この学校に封じられている偉大な力、その封印を解くには、どうしてもお二人の力が必要なのです」

「封印……？」

「大精霊、パン・ファウヌスです」

「校長先生!?」

私は思わず、素っ頓狂《とんきょう》な声を上げて仰《の》け反《ぞ》る。

「ええ。マキア嬢の知るパン校長は完全な姿ではありません。鏡を介し、極めて縮小した姿の、ごくごく一部を見せているに過ぎないのです。パン・ファウヌスの本体は、第四ラビリンスに封印されていますから」

私はハッと思い出す。

精霊魔法学の最後の実技試験で、精霊たちのサインを集めて辿《たど》り着いた校長室。

そこにいたパン校長の姿は、全貌《ぜんぼう》を拝むことができないほどに巨大であった、と。

「かの封印を完全に解くには、三つのキーワードが必要になります。そのキーワードこそ、〈黒の魔王〉〈紅の魔女〉〈白の賢者〉の〝第一呪文〟なのです」

ユリシス先生は視線を上げ、再び帝国の大転移魔法陣を見据える。

そこから顔を出す、恐ろしいドラゴンを静かに睨《にら》んでいる。

「あのドラゴンが大転移魔法陣より降り立てば、我々の力をもってしても、全てを守りきることなどできないでしょう。ルネ・ルスキア魔法学校は焼き尽くされ、王都すら火の海に沈む。本物のドラゴンとは、それだけ強大な破壊力を持つ魔法生命体……神話時代から生きている、神にも等しい存在なのですから」

私は、まだ全てを理解している訳ではなかった。

だけど、今ここで迷っていたら、取り返しのつかない事になる予感がある。そういう焦りだけがある。

魔法学校には大切な人たちがたくさんいるし、ネロやフレイ、レピスが怪我《けが》を負ったまま、どこかにいる。

無力なままでは何も守れないと知った。

守る力、その手段があったならと、私は願ったはずだ。

「わかりました、先生。私やります」

私は拳《こぶし》を握りしめ、顔を上げてしっかりとした口調で答えた。

「お嬢……っ、しかしどれほどの負担が、あなたにかかるか。要するに〈紅の魔女〉の魔法を使うということなのですよ！」

「トール、大丈夫よ。私はユリシス先生を信じるわ」

トールの心配はわかる。

だけど私は、たとえユリシス先生が〈白の賢者〉の生まれ変わりだったとしても、変わらず先生を尊敬しているし、大好きだ。

それはこの一年の間、先生が私に対し積み上げてきた信頼でもある。

もうそれだけで、いいじゃない。

ユリシス先生は少々驚いた顔をしていたが、クシャッと泣きそうに微笑んだ。

先生の珍しい表情に、私の方が驚かされた。

「ありがとうございます。マキア嬢」

先生は頭《こうべ》を垂れる。トールはそれを見て、わかりやすく「はあ」とため息をつき、前髪をかき上げた。

「殿下とお嬢がそう言うのなら、俺がやらない訳にはいかないでしょう」

「トール、ごめんなさい。あなたはまだ納得していないのでしょう？」

「いえ。俺だって、力が欲しくて〈黒の魔王〉の魔法を教えて頂いたのです。殿下方にどのような思惑があったって、お互い様と言えばお互い様なのです。それに……」

トールは苦笑した。

「お嬢にこれ以上、先にいかれては困りますしね。どこまでもお供しますよ」

こんな時まで、従順な騎士であろうとするのだから。

「おい。まったりしてる場合じゃねーぞ。いよいよ奴のお出ましだ」

エスカ司教が上空を睨みつけていた。

この世の終わりのような、真っ赤な夕焼け空では、胎動のように大転移魔法陣の光が弱まったり強まったりしている。

大転移魔法陣の中央より、巨大なドラゴンが産み落とされそうになっている。

あれが出てくれば、帝国の本格的な攻撃が再開するだろう。

もう時間がない。誰もがそう感じていた。

「エスカ司教、王都と学園島の防衛はあなたにお願いしても良《い》いですか？」

「は？」

「聖地の力があれば可能でしょう。あなたは守ることに関して、僕より信頼がありますから」

「チッ。面倒なことばかり押し付けやがって！　ドラゴン相手に、全てを守りきれるとは限らねえぞ。まあ……俺様に不可能は無いがな」

何だかんだやる気のありそうなエスカ司教。

そんな司教を尻目《しりめ》に、ユリシス先生は改めて私とトールに向き直る。

「時間がありません。お二人ともお覚悟はよろしいですか。僕の教えた通りに呪文《じゅもん》を唱えてください。その他のことは、全て僕に委《ゆだ》ねて」

「はい」

私たちはユリシス先生の両脇に立ち、心を落ち着かせ、教えられた通りの呪文を唱えた。

「トルク・メル・メ・ギス――開け」

「マキ・リエ・ルシ・ア――開け」

「ユーリ・ユノー・レイ・シス――開け」

大魔術師たちの第一呪文を使うという事に、どのような意味があったのか。

それを密《ひそ》かに意識しながら。

ユリシス先生は杖《つえ》で地面をコンコンと二度打って、厳かな声で再び唱えた。

「開け。扉の向こうの魔法使い」

開け。

目覚めよ。

扉の向こうの魔法使い。

第三話　鏡の魔神

私たちが呪文を唱えた直後――

大きな地響きがして、私は灯台の上で立っていられなくなり、そんな私の体をトールが支えてくれていた。

目の奥が疼《うず》く。その疼きが大きくなって、激しい痛みに襲われる。

これは一体、なんなのだろう。

トールも同じらしく、左の目を眇《すが》めている。

私たちは今〈黒の魔王〉〈白の賢者〉〈紅《くれない》の魔女〉の第一呪文を順番に唱えた。

五百年前に存在した偉大なる三大魔術師の、第一呪文だ。

何か魔法が発動したというのだろうか。

しかし地響きの正体は、帝国の大転移魔法陣が作動した音だった。

大転移魔法陣は、円環を描いて眩《まばゆ》い光を走らせる。

中央の空間の穴が一度収縮したかと思うと、ブワッと花開くように広がって、そこに新たな術式が書き込まれていく。

「あ……っ」

空間の穴から、今、ズルリと産み落とされたものがあった。

――ドラゴンだ。

ドラゴンが大転移魔法陣から召喚され、この黄昏《たそがれ》色の空に巨大な翼を広げてみせたのだ。

雷鳴のごとく咆哮《ほうこう》が轟《とどろ》く。

耳を押さえても、怒りに満ちた雄叫《おたけ》びが全身に響く。

ミラドリードに住まう者たちは、初めて見る本物のドラゴンの出現に絶望を感じていることだろう。

その姿は、神にも等しい。

ドラゴンとはかつて、始まりの魔法使いと呼ばれた十柱と対を成すように、十種がこの世に存在していたという。

永遠の命と、世界を破壊し尽くせるだけの力を持っていたとされているが、いつからか世の中に姿を見せなくなり、絶滅したとされていた。

「なんと美しい……本物のドラゴンは僕も初めて見ました」

「チッ。いったいどこから連れてきたんだか」

ユリシス先生とエスカ司教もまた、世にも珍しいその存在を刮目《かつもく》して見ている。

前世の、大魔術師の記憶を持つ彼らでさえそうなのだ。

それだけで、ドラゴンという存在が、大鬼《オグル》とは比べ物にならないほど、極めて特別であることがわかる。間違いなく、伝説の生き物なのだった。

「鎖……」

トールがドラゴンを見上げて、呟《つぶや》いた。

幾重もの鎖がジャラジャラと音を鳴らし、赤黒いドラゴンの足を束縛している。

敵側はそれを外すタイミングを見計らっているのか、鎖は今もまだ大転移魔法陣の向こう側まで繋《つな》がっている。

その光景は異様で、ドラゴンは度々、痛々しい鳴き声を上げていた。

頬の下にある炎袋が、灼熱《しゃくねつ》の色に染まりつつある。最初にそれに気が付いたのはトールだった。

「まずい！　炎を噴いて全て焼くつもりだ！」

「そうはさせねえよ！」

エスカ司教は灯台の手すりに飛び乗ると、

「メー・デー。メー・デー。メー・デー」

ヴァベル教の聖職者や信者が必ず使う〝祈りの言葉〟を三回唱え、司教杖《づえ》を両手で持ち、顔の正面に引き寄せる。

「ヴァベル教国〈聖灰の大司教〉の権限により、世界樹《せかいじゅ》ヴァビロフォスの魔力を使用。地脈経由にて守護魔法壁〝緑の壁〟を展開する！」

直後——王都の沿岸部に鮮烈な緑色の光が走る。

その光が波打ちながら、列を成すように顕現したのは数百にも及ぶ魔法壁だった。

「な……っ」

私は唖然《あぜん》としていた。

あんなに多くの魔法壁を一瞬で展開するなど、もはや人一人の力の範疇《はんちゅう》を超えている。

そして、その魔法壁は私たちが使っている一般的なものとは全く違い、四つ葉のクローバーのような形をしていた。あるいは、この世界の形を意味するメイデーアクロスと呼ばれるものか。

中央にヴァベル教国の大樹の枝の紋章が刻まれており、何より淡くぼんやりと、印象的な緑色に光っていた。

その光を見ていたら、このような状況下でさえ仄《ほの》かに心落ち着く。あれこそが、聖地の加護、奇跡とでも言うのだろうか。

しかし現実の脅威は、すぐそこに迫っていた。

「くるぞ！」

エスカ司教は司教杖を左から右に薙《な》ぐ。

すると、顕現していた緑の壁がこちらまで飛んできて、目の前で規則正しく整列し、何重にもなっていくのだった。

「きゃあっ！」

こちらが衝撃を覚悟する暇もなく、激しい熱気が私たちを襲った。

ドラゴンの吐く猛烈な炎を、間一髪のところで〝緑の壁〟が受け止めたのだ。

しかし私は魔法を帯びた炎の熱風に押されて、後ろに吹き飛ぶ。

「お嬢！」

トールが私の背後に回って受け止めてくれ、足場と背後を氷で覆い、熱風の勢いに耐えていた。

轟々《ごうごう》と、今もまだ炎の赤とオレンジが目の前で弾《はじ》けている。直火《じかび》は免れたとしても、その熱気は凄《すさ》まじく、息をするのすら苦しい。

トールがすかさず氷の魔法を行使し、空気を冷却した。

モワモワと蒸気が一帯を包み込む。

蒸気の向こうで、ユリシス先生とエスカ司教だけは、直立不動のまま怯《ひる》むことも目を逸《そ》らすこともなく、ただただ敵を見据えていた。

一度攻撃を受け止めたとして、そこに興奮も喜びも、微塵《みじん》の動揺もない。

次の一手に繋げるための情報を、淡々と処理しているのだ。

「あのトカゲ野郎……ピンポイントでこっち狙ってきやがったな」

「緑の壁の手ごたえはいかがです、司教」

「ギリギリだ。こちとら緑の壁をありったけ重ねたんだぞ。それがどうだ。残り五枚まで燃やし尽くされた。しかし緑の壁で防いだところで、その余波が被害に繋がっちまう。見ろ、学園島の端っこ！　燃えてるぞ！」

「おや本当だ。しかし生徒の避難はすんでいますので、あの程度は許してあげましょう」

「なんで俺のせいみたいになってんだ！　てめーも働け腹黒クソ王子が！」

確かに、緑の壁で弾いた炎が学園島の端の林に降りかかり、木々が燃えている。

しかしユリシス先生が何か指示を出す前に、学園島内にいる精霊たちが処理に当たっているようだった。

「というか、私たちの唱えた呪文は？　魔法は??」

さっき、私は覚悟して周囲をキョロキョロと見ていた。

私は目を凝らし、周囲を〈紅の魔女〉の第一呪文を唱えたはず。

しかしこちら側に、何かが起こる気配はない。

まさかとは思うけれど、まさかとは思うけど……魔法の発動に失敗した？

「大丈夫、落ち着いてくださいマキア嬢。ドラゴンの真下をご覧なさい」

「え？」

ユリシス先生が何かを見下ろして、クスッと笑う。

私もまた灯台の手すりから身を乗り出し、そこからドラゴンの真下を確認した。

「あ……」

ゆっくりと目を見開いた。

そこには海があるはずなのに、夕焼け空が映り込む丸い穴があったのだ。

いや、違う。あれは穴ではない。

巨大な――鏡だ。

「すでに扉は開かれている。あとは精霊魔術師としての、僕の出番です」

ピシ……ピシ……

音がする。私たちには聞こえている。

鏡にヒビが入って、そこから確かに割れていく音。

鏡の向こうで、そこから出るのを今か今かと待ち望んでいる、魔神の息吹を。

「ユーリ・ユノー・レイ・シス――おいでなさい、鏡の魔神パン・ファウヌス」

ユリシス先生が杖を掲げ、呪文《じゅもん》を唱える。

その一瞬は、世界が無音になったかと思うほど。

しかしその無音の世界すら叩《たた》き割るような、衝撃的な鏡の割れる音が響き渡る。

ドラゴンの真下から伸び来たるのは、巨大で歪《いびつ》な黒い腕。

ああ……

あれを私は、第四ラビリンスで見たことがある。

大鏡を割って召喚されたのは、ドラゴンより遥《はる》かに巨大な山羊《やぎ》の大精霊パン・ファウヌスだった。

「あれが校長先生の……パン・ファウヌスの本当の姿……」

私はゴクリと唾《つば》を飲む。

鏡の割れる音は絶え間なく響き渡り、やがてその大精霊は、全貌《ぜんぼう》を海上に現した。

猛々《たけだけ》しく渦を巻く山羊のツノは、まるで悪魔か、嵐の象徴のよう。

胴体は形容しがたく、そこに存在するのかも曖昧《あいまい》で、透き通った黒いヴェールを重ねて纏《まと》っているかのよう。

細長い五指の手、その黒い腕が、透けた胴体から突き出して、今まさにドラゴンを掴《つか》み取ろうと、真っ赤な空に向かって掲げられているのだった。

「司教！　王都の沿岸部を守ってください！」

「言われなくてもわかってんだよ、クソ王子が！」

エスカ司教が、今度は右から左に向かって司教杖を薙いだ。

すると緑の壁が、王都の沿岸部に集まっていく。

更にはパズルのピースのように組み合わさって、城壁のごとく連なって待機している。間も無くして、パン・ファウヌス出現の衝撃によって煽《あお》られた波が、ミラドリードの沿岸部を襲った。しかし緑の壁が防波堤の役目を果たして大きな被害を逃れていた。

「あっ！」

それでも、安心している暇など無いのだ。

ドラゴンが、今度は真下に灼熱の炎を吐き出した。伸びてきたパン・ファウヌスの手に絡め取られないよう、炎の勢いで真上に高く上昇したのだ。

しかしパン・ファウヌスの腕はその炎すら突っ切って伸びる。

ドラゴンを摑むことはできなかったが、ドラゴンを繋ぐ鎖をガッと握りしめ、それを引っ張ってドラゴンを宙でグルンと回し、勢いを付けて海面に叩きつけたのだった。

「な……っ」

「なんて……力なの……」

こんな言葉しか出てこない。

しょっぱい水しぶきがここまで飛んでくる。

しかしドラゴンもこの程度では倒されてくれず、海中から脱し、パン・ファウヌスの腕に喰《く》らいつく。あのような鋭い牙《きば》で嚙《か》まれたらひとたまりも無いが、パン・ファウヌスは怯むことなく、ドラゴンを振り払う。

ここからは、説明不要の取っ組み合い、殴り合い、が始まった。

目の前で繰り広げられる巨大なものたちの戦い――まるで特撮映画の怪獣大戦でも見ているかのよう。

ちっぽけな我々は介入すら許されず、見守るどころか、この戦いによって揺れる大地や海面、突風や炎によって大きな被害を受けたり、コロッと死んでしまわないよう、気にかけるだけで精一杯なのだった。

パン・ファウヌスは握っていた鎖を引き寄せ、ドラゴンを再び捕らえようとしていた。

しかしこの瞬間、鎖がフッと消えてドラゴンは自由の身となり、凄《すご》いスピードで大空へと舞い上がる。

そして、耳を劈《つんざ》く咆哮《ほうこう》を轟《とどろ》かせる。

「……っ」

それは空気を揺らし、大地を割る。鳴き声すら魔力を帯びており、頭が割れるように痛い。

おそらく魔力耐性の弱い人間は、今の咆哮を聞いただけで気絶しただろう。

鎖は錬金術で作られていたのだろう。ドラゴンの力を制御していたのだろうが、帝国側がこのままでは不利と見て解いたのか。

しかしもう、これではドラゴンを制御するものはいない。

魔物の最高位の存在。神話時代の生命体。

まるでその姿は、黄昏《たそがれ》色の空の支配者だ。

本当に、この世に終わりと絶望をもたらした天の使者のようだ。

「ヤベーな、ますます」

エスカ司教はボヤいた。ユリシス先生は顎《あご》に手を添えて「ええ」と答える。

「できれば生け捕りにしたかったところですが……」

「は？　生け捕り？　あんなの無理だろ！　でかい被害が出る前に処分するしかねーぞ」

「……いや。ドラゴンの動きを一瞬でも止めることができれば、全てを解決できると思うのです。切り札になる大魔法をパン・ファウヌスは持っている。しかしドラゴンの動きを止めるとなると、パン・ファウヌスには難しい」

「あいつノロイからな」

どうやらユリシス先生には、あのドラゴンを捕獲したい思惑があるようだ。

しかし先生はパン・ファウヌスを召喚し続け、灯台で全体を把握する必要があるし、エスカ司教は街やこの学園島を守護する役目がある。

ならば——

「ドラゴンの動きを止めれば良《い》いのですね。ではその役目、私が引き受けます！」

私が手を挙げて主張すると、ユリシス先生とエスカ司教が振り返った。

隣でトールもギョッとしている。

私も、自分で自分のことを、どうかしていると思ったほどだ。

「どういうことですか、マキア嬢」

「紅の魔女の糸の魔法であれば、ドラゴンを捕らえられるかもしれません」

「お、お嬢!? しかしここからでは遠すぎますよ」

「ではトール、あそこまで私を連れていきなさい」

「……え?」

「あなたの力も、必要なのよ」

私は隣のトールを見上げて、ニッと小生意気に笑う。トールはゆっくりと目を見開く。

私の意図が彼にも伝わったようだった。

「ですがマキア嬢。それはあのドラゴンに近づくということ。極めて危険な任務ですよ」

「でも、今それができるのは私だけです。そうでしょう先生」

「…………」

むしろ、それしか無いだろう。

この場で、あのドラゴンの動きを止めることができるのは、紅の魔女の糸の魔法だけ。

私にはあの魔法が、ドラゴンすら静止することができるとわかっていた。

トールが隣で、「はあ」とため息をついて頭を抱える。

「わかりました、わかりましたよ。お嬢は一度言い出したら聞きませんから。俺がグリミンドでお嬢を連れて行きます。トワイライトの魔術師が阻止しようとしてくるかもしれませんので、敵の妨害からお嬢を守りましょう」

「ありがとうトール～っ、流石《さすが》は私の元騎士ね」

「今も、あなたの騎士のつもりですけど」

トールが少しムッとしていた。それすら嬉《うれ》しくて、ますますやる気が漲《みなぎ》ってくる。

ただ、ユリシス先生は複雑そうな顔をしていた。

「確かに、今それができそうなのはあなた方だけです。しかし再びお二人に無理を強いることになるでしょう。扉を開いたばかりですし、のちのちどれほどの反動があるか……」

先生は慎重だった。今、私たちがこんなに元気でいられるのは、エスカ司教が食べさせてくれた聖地の大樹の果実のおかげで、反動は、やがてくるという。

しかし、私も引きはしない。

「先生！　私はもう我慢できないのです」

「マキア嬢……」

「魔法学校での一年間は、私の最高の青春でした。これ以上、誰にも壊させない。ネロやレピス、フレイを傷つけた帝国を許さない……っ。私は私の大好きな学校の平和を取り戻したいのです」

そう。なぜだかとてつもなく、この学校を守りたいという気持ちが湧き出てくる。

この一年、学校で魔法を学び、苦楽を共にしたライバル、友のためにも。

ユリシス先生は私をじっと見て、そしてトールを見る。

先生には何か、思うところがあるようだった。

「わかりました。お二人とも、どうかお気をつけください。そしてこの学校を……守ってください」

「はいっ！」

私たちは強く頷《うなず》き、トールの召喚したグリミンドの背に急いで跨《またが》る。

グリミンドはドラゴンの姿をした精霊だけれど、今、天空を支配している本物のドラゴンより遥かに小さく、主人に忠実だ。

「お嬢、しっかり掴まっておいてくださいよ。落ちたら拾いにいける余裕はありませんからね」

「わかっているわよ。ガッシリ掴まってるわ」

でも私が本当に落ちちゃったら、トールは拾いに来てしまいそうだ……

そうならないよう、私はひしとトールにしがみ付いた。

それを確認したトールが、グリミンドに命じて灯台より飛び立つ。

今までも何度かトールに掴まって、グリミンドの背に乗ったことがある。飛行の感覚には慣れていたけれど、今回ばかりは悠長にその飛行を楽しんではいられない。

「うわあっ」

上空ですぐに攻撃を受けた。どこから受けたのか、どんな攻撃だったのかもわからない。

しかし衝撃は確かにあり、それを魔法壁で防いだのはトールだった。

「大丈夫ですか、お嬢！」

「え、ええ！　大丈夫！」

「トワイライトの魔術師です。何人もいます」

私たちがドラゴンに近づくことを予想していたのか、上空で控えていたトワイライトの魔術師たちが追撃してきた。それらを何とか紙一重で躱《かわ》す。

「わ、わ、私たち、このままドラゴンに近づけるかしら」

「問題ありません。少々荒い運転になりますが、ご勘弁を」

「ひ……っ」

急降下の感覚と共に、もはや声にならない悲鳴を上げていた。

今度は急上昇し、再び下降。それを繰り返し、私は意識を保つのに必死だった。

これ、フレイだったら確実に乗り物酔いして、魂すらどっか飛んでいっちゃうかもしれないわね……

「お嬢、例のドラゴンが炎を吐きます。熱風にお気をつけください」

「私は大丈夫。【火】の申し子だから！」

トールはとても近くにいるのに、風の音のせいか声が遠く感じられる。

ドラゴンは周囲を飛び交う羽虫のような私たちを気にしてはいない。しかしパン・ファウヌスのことだけは敵と見なして、炎袋に溜《た》め込んだ炎を魔神めがけて吐き出していた。

螺旋《らせん》を描く炎がパン・ファウヌスの腕を抜け、その顔面や体を覆う。

パン・ファウヌスの巨大な体が海中に倒れた。その水しぶきがここまで飛んでくる。

しかしそれが敵の目を盗み、隙を生んだ。一度炎を吐き出せば、ドラゴンはしばらく炎を吐けないからだ。

トールはそれを見逃さず、空中に氷壁を配置する。

氷魔法と浮遊魔法は、トールの十八番《おはこ》であり、これがドラゴンの目を眩《くら》ませた。

私は同時に、自分の髪を用意していた小刀で切って、それを空に放つ。

声高らかに、今こそ唱えよ。


「マキ・リエ・ルシ・ア――廻《まわ》れ廻れ、赤き糸車！」

廻れ廻れ――
私の頭上に、赤く光る魔法陣が展開された。

刹那《せつな》――目の奥で赤髪の魔女の姿を見る。

時の流れが不自然なほどゆっくりと感じられる中、魔女はクスッと笑って自分の髪を一本抜き、それをピンと真っ直《す》ぐに、針金のように鋭く張ってみせたのだった……

「――ハッ」

意識を取り戻した時だった。

赤い光線が目にも留まらぬ速さで、幾重も空を駆け抜けていた。

氷壁を足場、継ぎ目に、ピンと張った赤い糸がドラゴンの体のあちこちを貫き、束縛したのだ。

いや、あれはもう……赤い血の針だ。

「ギアアアアアアアッ」

ドラゴンの悲鳴が響き渡る。

赤い糸は硬度を保って、まるで夕焼け空にドラゴンを縫い付けたかのよう。

想像と少し違う使い方をしていたが、ドラゴンはまるで金縛りにあったかのように硬直し、その場で小刻みにもがくことしかできないのだった。

「やった……っ、紅の魔女の糸の魔法が成功したんだわ」

これまでの、糸でぐるぐる巻きにしてつるし上げるような使い方とは違って、それを応用したような魔法。貫いて固定する、あんな使い方もあるのだな……

なんて、使った本人である私が驚いている。

紅の魔女が、心の奥底で教えてくれたんだろうか。

「凄《すご》い。お嬢、あんな魔法どこで覚えたんですか？」

「え？　いや、私は糸の魔法を使っただけだけど……」

「ドラゴンの炎袋が上手《うま》く機能していません。あの糸、貫いた対象の魔法を制御する効果もあるんですね」

「……え？」

そんなこと初めて知ったけれど、確かにドラゴンが火を噴こうとしない。

トールの言うように、ドラゴンの動きのみならず、火の攻撃すら封じてしまっている。

「では俺も、お嬢に負けてられませんので」

トールが片手を空に掲げた。

するとトールの手の甲にキューブ状の黒い箱が出現し、僅《わず》かに浮いた状態を保って、その場でクルクルと不規則に回っている。

トールが睨《にら》みつけていたのは、黄昏色の赤い空、そのものだ。

「トルク・メル・メ・ギス――黒の箱《ブラック・ボックス》、発動」

彼が空に掲げた手をギュッと握りしめると、作り物の夕焼け空がビリビリと破れていく。

まるで貼り付けていた紙が、剝《は》がれていくように。

「な……っ、いったい何をしたの⁉」

私はすっかり驚かされた。

「空間破壊ですよ。俺がレピス先生から習っていた魔法は、主に転移魔法と空間破壊魔法なのです。トワイライト対策といったところでしょう」

トール曰《いわ》く、私がさっき使った糸の魔法の影響か、トワイライト・ゾーンが不安定になったのを感じたらしい。その隙をついて破壊を試みた、とのことだった。

剝がれ落ちていく空の隙間から、本来の青空が見え始める。

滅多にお目にかかれない面白い光景だが、それに見とれている場合でもない。

「トール君、マキア嬢、退避してください！　これよりパン・ファウヌスの大魔法が展開されます！」

「⁉」

ユリシス先生の声がここまで聞こえた。

灯台の方を見ると、ユリシス先生が拡声器片手に、私たちに指示を出している。

あの拡声器も、精霊で作っているのだろうか……

「お嬢、しっかり摑《つか》まってください。退避します」

「はい！」

思わず丁寧に返事。

直後——頭上から鋭い殺気を感じ取り、ハッと顔を上げた。

「死ねえええええええええ！」

見覚えのある獣耳。トワイライトの魔術師の中でも、確かヴィダルと呼ばれていたあの青年が、転移魔法で真上に出現し、巨大な鎌を振りかぶる。

まずい。糸の魔法の直後で体が強張《こわば》り、反応できない。

ギュッと目を瞑《つぶ》ったが、激しい空間の揺れとともに、その攻撃は防がれた。

薄く開いた目が、敵の鎌を弾《はじ》く緑色の魔法壁を見る……

「エスカ司教！」

聖地の加護を受けた緑の壁が、我々を守ってくれたのだ。

エスカ司教の守備範囲に入ってしまえばもう安心。

ヴィダルという獣耳の魔術師は「よくも、よくも！」と喚《わめ》きながら落下し続けていたが、他のトワイライトの魔術師が彼を拾い、こちらに深追いさせようとはしなかった。

敵も気がついている。

これから、何かが起きようとしていることを。

そうして、ユリシス先生の、恐ろしいまでに落ち着いた声が聞こえた。

「大いなる魔人の贄《にえ》となるがいい。全てを飲み込め——パン・ファウヌス」

ユリシス先生の命令の直後——パン・ファウヌスの腹に大きな穴が空いた。

その穴は渦巻いているように見える。

同時に、今までにない猛烈な風に煽《あお》られる。

「パン・ファウヌスは風属性の大精霊よ。まさか、竜巻でも起こすのかしら」

「……巻き込まれたら、ひとたまりもありませんね」

嫌な予感がしたのか、トールがグリミンドに指示を出し、急いでパン・ファウヌスから遠ざかる。

私は後ろを振り返りながら、事態を確認していた。

風は徐々に強まっていたが、それらは一時的に吹き荒れた後、全てがパン・ファウヌスの空いた腹部に集束しつつあるようで……

「あ……」

嵐や竜巻を起こして全てを吹き飛ばす風ではなく、これは吸い込む風。

穴は、身動き取れないドラゴンの方を向いて開かれている。

ドラゴンは酷《ひど》く嫌な声で唸《うな》っていたが、紅の魔女の糸の魔法によって捕らわれているせいで、逃げることなどできない。固定されたままの姿で、徐々に徐々に、吸い寄せられているのだった。

そうしてドラゴンは、

「ギギギギギギギギーーギッ」

嫌な唸り声だけを残し、最後はとてつもなく呆気《あっけ》なく、パン・ファウヌスの腹穴に飲み込まれてしまったのだった。本当に、絵に描いたようにスポンと飲まれた。

衝撃的な光景に目を奪われながらも、私たちは無事、灯台に戻る。

「お疲れ様でした、お二人とも」

「ユリシス先生、あ、あれはいったい何ですか……」

「あれこそが、パン・ファウヌスの風穴です」

「風穴……」

「そう。何ものをも飲み込む巨大な穴です。風属性の大精霊とはいえ、彼の場合、吹きすさぶ大嵐や竜巻というよりは、吸引力としての風力の意味合いが大きかったりします」

吸引力……

「要するに、掃除機ってことですか？」

「まあそういうことですね」

あっけらかんと答えるユリシス先生。

「狙いを定め、ある程度風力を抑えなければ、この学園島や王都すら飲み込んでしまうので、使うことを躊躇《ちゅうちょ》していました。しかしマキア嬢がドラゴンの動きを止めてくれたおかげで、上手く使うことができたのです。……ほら、今からもっと面白いものが見られますよ」

「面白いもの……？」

ユリシス先生は、幼ごころを忘れていないキラキラした子どものような目、表情で、夕焼け色の剝がれ落ちたルスキア王国の青空を見上げている。私も彼の視線を追う。

まだそこにある大転移魔法。

ユリシス先生と吸引魔人の、次の獲物はこれだった。

「行け！　パン・ファウヌス！　敵の内臓を引き摺《ず》り出せ！　あっははははは！」

「……せ、先生??」

珍しくテンション高めのユリシス先生。私は呆然《ぼうぜん》。トールは唖然《あぜん》。

そう。パン・ファウヌスの風穴は、次に大転移魔法陣に向けられたのだ。

帝国やトワイライトの魔術師にとって、これほど予想外なことは無かっただろう。

吸引の能力は、大転移魔法陣の奥にある、あらゆるものをこちらに引き摺り出し、パン・ファウヌスの腹の中に飲み込み始めたのだ。

魔物、武器、魔法道具、兵士、その他諸々《もろもろ》。

おそらく、これから使おうと思って用意していたもの全て。

吸い込む瞬間なんて一瞬すぎて、判断できないものもあるけれど、本当に色んなものを、ポロポロといとも簡単に吸い込んでしまっている。

「あ……あ……」

圧倒的吸引力を前に、私はさっきから、声にならない声を上げていた。

敵側からしてみれば、こんなに青ざめることはない。

巨大な転移魔法陣が仇《あだ》となった形だ。

要するに、敵は今、自分たちの手の内を大転移魔法陣経由で敵国に差し出している状況なのだった。

トワイライトの魔術師たちが、慌てて大転移魔法陣を解除しようとしている。

しかし展開するのにあれほど時間のかかった大掛かりな魔法は、解除するのにもあらゆる段階を必要とする。

「飲み込んだものは……どうなるのですか」

瞬《まばた》きもできず、その光景を見つめながら、私は質問した。

あらゆるものを腹に収めたパン・ファウヌス。

その腹の中のものの行方が気になる。

「もちろん、後から取り出すことは可能ですよ。帝国が何を隠し持っているのか、何をしようとしていたのか、のちにじっくり検証することができますから……」

ユリシス先生がドラゴンを捕らえたいと言っていた言葉の意味がわかってきた。

パン・ファウヌスの風穴を使うことで、敵の情報を丸ごと頂くつもりだったのだ。

そこから、今後の戦況や戦略が変わってくる可能性がある。

「おい、見ろ。帝国の大転移魔法陣が消滅するぞ」

エスカ司教が、空を指差しながら私たちに知らせる。

「帝国が解除したのでしょうか」とトールが問う。

「そうでしょうね。これ以上、国家機密を奪われては困るということでしょう。我々は、帝国側の置き土産を頂くことに成功したようです」

この時、ユリシス先生はいつもの朗らかな表情と違い、なんというか……

エスカ司教がいつも言っている〝腹黒クソ王子〟というのを思い出すような、黒みを帯びた微笑《ほほえ》みだった。


「お疲れ様、パン・ファウヌス」

事が終わり、パン・ファウヌスはズン……ズン……と海と地を鳴らしながら、ゆっくり灯台の方までやってきた。

首を伸ばし、その顔でこちらを覗《のぞ》き込まれると、あまりの大きさと威圧感に圧倒されて、声が出なくなってしまう。

ユリシス先生だけは、感無量というような表情だった。

もしかしたらパン・ファウヌスのこの姿と出会えたのは〈白の賢者〉の時代以来、ということなのかもしれない。

「パン。やっと本当の姿の君に会えたね。ルネ・ルスキアを五百年もの間守り続けてくれてありがとう。鏡の中に、ずっと閉じ込めていたというのに」

「何をおっしゃいます殿下。いや白の賢者様。あれは我輩《わがはい》が望んでやったこと。鏡の中も、意外と居心地がいいのですぞ。住めば都というやつです」

パン・ファウヌスの声はどこから発せられているのか分からないが、いつもの我らが校長先生の声だった。

ユリシス先生と校長先生。

白の賢者と、大精霊パン・ファウヌス。

ルネ・ルスキア魔法学校を守り続け、再び出会うその日まで、白の賢者の精霊の一部はひたすらこの場所で待っていた。約束を守り続けていた。

かつて校長先生に聞いていたこの物話……

そうだ。今こそまさに、〈白の賢者〉と精霊たちが交わした約束が、果たされている瞬間なのだ。

「しかし待った甲斐《かい》もあるのですぞ。再び三人の大魔術師がご降臨召され、扉を開くこの日を迎える事ができたのですから」

ユリシス先生は切なげに微笑み、ゆっくりと頷《うなず》いた。

「パン。もう鏡に戻って休んでおきなさい。腹に変なものを蓄えたばかりで、気持ち悪いだろうけれど。後でちゃんと出してあげますから」

「ほっほっほ。腹を壊しそうなものであることは間違いないでしょうな。しかし我輩のことはお構いなく」

パン・ファウヌスは深々と、その巨大すぎる頭を下げた。

「それでは、行ってらっしゃいませ、扉の向こうの魔法使い」

眩《まばゆ》い光に飲み込まれた。

転移魔法によってどこかに移動させられたような感覚があった。

しばらくして、私はゆっくりと目を開く。

すると目前には巨大な石の扉が聳《そび》えていた。

古い古い、遥《はる》か昔のメイデーア神話を刻み込んだ、見上げるほど大きな扉。

私は状況を飲み込むより先に、その荘厳な扉に目を見張る。

なぜだか、私はこの扉を知っている気がしていたのだった。

「皆さん、いらっしゃいますか？」

ユリシス先生の声がして、ハッとした。

周囲を見ると、ユリシス先生とトールがいる。

トールもまた、私と同じように目前の扉に目を奪われているようだった。

「いきなりの転移で申し訳ありません。パン・ファウヌスの召喚後、我々はここに飛ばされる仕組みになっていたのです」

「あの、ユリシス先生、ここは？」

「ここは学園島ラビリンスの最下層――第五ラビリンス〝瞳《ひとみ》の神殿〟」

先生は厳かな声で、その場所の名を唱えた。

確か、最下層であるこの第五ラビリンスに入れるのは、魔法学校の創設者たちだけと聞いたことがある。

「瞳の神殿とは、三大魔術師と呼ばれた〈黒の魔王〉〈紅の魔女〉そして〈白の賢者〉が、この学園島を創設した際、あらゆる契約を交わした誓いの場所なのです」

「誓いの……場所？」

なぜだか、ドクンと胸が高鳴った。

ユリシス先生は一度、私たちの方に向き直り、真面目な顔をして言う。

「パン・ファウヌスは学園島を守護する最大の精霊。彼の封印を解くために必要なものは、三大魔術師の第一呪文《じゅもん》でした。そしてパン・ファウヌスの封印を解くことができるということこそ、この学園島を創造した三人の大魔術師である証《あかし》。僕と、あなた方のことですよ」

「…………」

「それでは中へ入ってみましょう。すでに扉は、開かれているのですから」

ユリシス先生は再び扉の方に向き直ると、落ち着いた声で唱える。

「開け、ゴマ」

巨大な石版の扉が音を立てて左右に開いていった。

なんと「開けゴマ」ですって。

それは古代よりある開放の呪文。メイデーアの子どもたちは、誰だって知っている。

幼い頃に読む物語の中で、扉を開く時に唱える呪文といえば、これだった。

今やもう、古すぎて誰も使わない呪文だが、五百年前の約束が眠るこの扉が「開けゴマ」で開くというのは、何だかとても不思議だ。

幼ごころを忘れてはならない。

そんな純粋な魔法が、ここには眠っている気がする。

ユリシス先生を先頭に、私たちは今、扉の境界を超えた。

「参りましょう。この奥に、お二人が知りたいと願っている真実が……そして知らなければならない物語の全てが、眠りについて待ち続けているのです」

扉の向こうの魔法使い。

その扉を超えてしまったならば、もう振り返ってはならない。

ここに眠るのは、私たちが知りたい真実。

私たちが知らなければならなかった物語。

知ることで始まってしまう、十人の魔法使いの物語。

第四話　扉の向こうの魔法使い

扉の向こうはひんやりと肌寒く、薄暗い。

しかし扉が開いたことで、あちこちに設置されている魔石が点々と灯《とも》り、その空間の奥の方まで拝むことができた。

カツカツと足音を鳴らし、中へと進む。

そこは広々とした厳かな空気の籠《こも》った神殿。

中央に階段があり、その手前に誰かいる。

異国の軍服を纏《まと》う、金髪の青年で、私はすぐにそれが誰なのかわかった。

私たちが近くまで来ると、その男は振り返った。

鋭い柘榴《ざくろ》色の瞳に、相変わらず胸がヒヤリとする。

あの瞳の色には、どうしても自分の死を連想してしまうから。

「我々より先に、あなたがここにいるとは思いませんでした。カノン・パッヘルベル将軍閣下」

カノン・パッヘルベル――

フレジール皇国の将軍であり、私にとっては、一つ前の前世で私を殺した因縁深い男だ。

ユリシス先生も、カノン将軍がここにいることに多少なりとも驚いているようだった。

「どうしてあなたがここに……っ」

私も思わず、身構える。

だってこの第五ラビリンスには、学園の創設者しか入れないと聞いていた。

「マキア嬢。パン・ファウヌスの封印が解かれたことで、第五ラビリンスの扉の鍵《かぎ》も同時に解かれるのです。要するに、鍵を開けることができるのが、学園の創設者たる三大魔術師ということ。鍵さえ開いてしまえば、あとは基礎的な呪文で誰でも入ることができる。さっきの通りです」

私の疑問には、ユリシス先生が簡潔に答えてくれた。

「そういうことだ。マキア・オディリール。俺はお前たちより先にここへ来て、ただ、お前たちを待っていたのだ」

カノン将軍は、その低く単調な声で言った。

「例えばですが、我々が帝国に敗北して、ここに来なかったらどうするおつもりだったのですか？」

「それならそれで、ここにあるものを持ち出して隠すまで。決して、帝国の連中に奪われてはならないものだからな」

「ああ、そういうことですか。相変わらず慎重なお方だ、あなたは」

ユリシス先生とカノン将軍が、私にはわからない話をしている。

その一方で、トールは睨《にら》むようにカノン将軍を見ていた。

きっと、私が表情を強張《こわば》らせていたからだろう。

どうしてカノン将軍が、ここにいるのか。

ユリシス先生は当たり前のように受け入れているけれど、私たちには、彼がここにいる必然性が、まるで理解できずにいた。

これからわかるというのだろうか。ここに眠るものとは、いったい何なのだろう。

ユリシス先生が前へと進み、中央の階段を上る。私とトールはそれに続く。

カノン将軍はそんな私たちを先に行かせ、自身は最後尾につけて付いてくる。

平たい段差がいくつか続き、その先の高みに、淡くぼんやりと光る三つの柱があった。

何、あれ。

「着きました。ここが学園島の最深部。ルネ・ルスキアの心臓と言えましょう」

「心臓……？」

「お二人とも、よくご覧なさい。学園島最深部に眠る、宝を」

柱には、ガラスでできた筒状のカプセルのようなものが挟み込まれていて、私たちはそのカプセルが大事そうに守っているものに目を奪われた。

「あ……っ」

ドクン、と心臓の鼓動が高鳴る。

ガラスのカプセルの中に、守られているもの。

それは丸く、宝石のように輝いていて、右から、紫、黄、青の順番で並んでいる。


「……瞳……」


三つの、瞳。

以前、ユリシス先生に教えてもらったことがある。

ルネ・ルスキア魔法学校が創設されたこの学園島は、かつて三大魔術師が、それぞれ提供できるものを提供しあって作り上げたのだと。

その中に、それぞれの〝瞳〟というのがあった。


あれは、黒の魔王、白の賢者、紅《くれない》の魔女――三大魔術師の瞳だ。

鮮やかな菫色《すみれいろ》の瞳は、黒の魔王のもの。

落ち着いたシトラスイエローの瞳は、白の賢者のもの。

そして海色に輝く瞳《ひとみ》は、紅の魔女のもの。
その色は、ここにいる私たち三人の瞳の色に良く似ている。
いや、似ているというより、全く同じだ。受け取る印象が同じ。
動悸《どうき》がしてくる。
その瞳が訴えかけてくる。
我々は、お前たちなのだ、と。

雪国の獣たち
四肢を折られて繋《つな》がれた
黒の魔王の奴隷にされた
湖の精霊たち
騙《だま》されて鍋《なべ》で煮込まれた
白の賢者に忠誠を誓うまで
美しき乙女たち
燃え果てるまで火炙《ひあぶ》りだ

紅の魔女は紅蓮《ぐれん》のごとく嫉妬《しっと》深い

ああ怖い

扉の向こうの魔法使い

ユリシス先生が、この国で誰もが知る三大魔術師の童謡の歌詞を、淡々と唱えた。

そして、突っ立ったまま瞳から目を逸《そ》らせずにいる私たちに、問いかける。

「これを見ても、あなた方はまだ信じられませんか？　かつての三大魔術師が、我々であったことを」

私とトールは、治まることのない胸の高鳴りと、迫り来る衝動に、ひたすら動揺していた。そして自問自答を繰り返し、止めどない焦燥感に戸惑うのだった。

「殿下。これは本当に、三大魔術師の瞳なのですか？」

「勿論《もちろん》です、トール君。最も右にある菫色の瞳こそ、かの有名な〈黒の魔王〉の瞳。そして君は、その〈黒の魔王〉の生まれ変わりなのです。だからこそ〈黒の魔王〉の第一呪文と、その秘術目録〝黒の箱《ブラック・ボックス》〟を使用することができた。君はこの瞳を見て何を感じましたか？　君は決して、それを他人の瞳だとは思えなかったはずだ」

「…………」

トールは何か言おうとして、グッと言葉を飲み込む。

信じたくないのに、信じざるを得ない。否定できない。そんな顔だ。

彼が拳《こぶし》を静かに握りしめているのを、私は見た。

「そして、最も左にある海色の瞳が〈紅の魔女〉の瞳です。マキア嬢、あなたはこれが、自身の瞳と同じだとわかっていますね」

「……はい。まるで、鏡を見ているかのようです」

私は素直に頷《うなず》いた。

それは、ドレッサーの鏡の前で自分の顔を見つめたり、化粧をしたり髪を弄《いじ》ったりと、度々覗《のぞ》き込む自分の瞳とまるで同じだと思ったからだ。

その〝同じ〟だという第一印象を、私は否定しなかった。

ユリシス先生は、そうでしょうとも、と頷く。

「受け入れなさい。受け入れてしまえば、あなたは前世の記憶を取り戻し、新たな力に目覚めるでしょう。そしてトール君も、失ってしまったその右目を、取り戻すことができるのです」

「そ……っ、それは本当ですか⁉」

食いついたのは、トールではなく、私だった。

私を守るため、失われたトールの右目。

黒の魔王の魔法の対価で、それはもう二度と元に戻らないものだと思っていたからだ。

ユリシス先生は目を細め、頷く。

「ここにある〈黒の魔王〉の瞳は、トール君の肉体に順応するはずなのです。右目を取り戻したくはありませんか、トール君」

「それは……」

トールは答えに迷っているようだった。

ユリシス先生はトールの様子を見て「まだ考える時間はあります」と優しく微笑《ほほえ》んだ。

「マキア嬢。あなたはそれほど驚いていませんね」

そして、先生は次に私を見る。

「……いえ。驚いてはいます。だけど」

私は胸元に手を寄せて、それをぎゅっと握りしめた。

「エスカ司教にも言われましたが、私は、前世というものを否定することができないのです。一つ前の前世を覚えているから」

「そうでしたね。あなたは非常に稀《まれ》な転生を果たしている。〈紅の魔女〉の後に、異界で一度転生しているのですから。そもそもなぜあなたの魂が異界を経由しているのか……僕にはその意味するところが、わかりません。そこに突っ立っている将軍閣下は、ご存じなのでしょうけれどね」

ユリシス先生は、私とトール越しに、別の男に視線を向けていた。

黙って会話の行方を見守っている、金髪の男を。

「急げ、白の賢者。無駄話をしている場合ではない」

当のカノン・パッヘルベル将軍は、相変わらず淡々としていて、ユリシス先生の言葉に動じることはない。

だけど、そうだ。

ここには、前世の私を殺した男がいる。

もしかして、今日、私はここで前世の死の真相を知ることになるのだろうか。

震えそうな自身の体を、私は静かに抱きしめた。

「それでは、お二人とも。前世を受け入れる覚悟があるのなら、僕と共に瞳の前に立ってみてください」

「……え？」

「あなた方は、まだ大魔術師として〝帰還〟しておりません。帰還とはすなわち、前世の記憶を思い出し、力の使い方を思い出すということ。僕やエスカ司教のように。そして、なぜ大魔術師が繰り返し転生するのか……世界の秘密と、法則を知る権利を得る、ということにもなるのです」

世界の秘密と、法則……

ユリシス先生は僅《わず》かに視線を落とした。

「ですが覚悟が無いのなら、おやめなさい。知ることで失うものがあるかもしれません。自分の人格すら、前世に飲み込まれてしまう可能性があるのです。何よりただ、辛《つら》い思いをするだけかもしれませんから」

私とトールは、お互いに顔を見合う。

帰還することで、得るもの。失うもの……

私にはあるだろうか。大切な今を失ってまで、全てを知る覚悟が。

前世。転生。私が、紅の魔女の魔法を使えたその理由。

私たちを取り巻く、物事の真相を……

驚いたことに、私より先に一歩前に出たのは、トールだった。

「俺は受け入れます。力が欲しいのです。それが〈黒の魔王〉のものであっても」

トールはそう断言し、ユリシス先生の隣に立つ。

彼には、そうしなければならない理由が、ちゃんとあるようだった。

「力、ですか。あなたはずっとそれを追い求めていますね。ですが、それも良《い》いでしょう。確かにこの先、大魔術師《ロード》クラスの力を持っているか、そうでないかは、大きく戦況を左右しますからね」

「俺はただ、お嬢を守りたいだけです」

「それもまた、よろしいでしょう」

トールとユリシス先生の会話を聞いて、私も覚悟が決まった。

「トールが受け入れるというのなら、私がそうしない訳にはいかないわね」

さっきまでとても動揺していたし、これ以上はもう、瞳に近寄ることができないと思っていた。それなのに覚悟さえ決まると、一歩、また一歩と足が前に出る。そして私も、ユリシス先生の隣に立つ。

「お嬢。あなたは別に、無理に受け入れる必要は無いのですよ」

トールがユリシス先生を挟んだ場所で、ひょこっと顔を出して私に言う。

「無理なんてしてないわ。私は知りたいのよ。どうして私が、今、ここにいるのかを」

疑問や謎が、数え切れないほどあるけれど、突き詰めると、これだ。

どうして私が今、このメイデーアと言う世界にいるのか。

あの時どうして、私たちは死ななければならなかったのか。

私が知らなければならない物語とは、何なのか——

「トール君とマキア嬢、それぞれの覚悟はわかりました。それでは、お二人とも。瞳を真正面に捉え、心の中でもう一つの第一呪文を唱えてください。そして第一呪文に隠された、前世の名を思い出すのです」

ユリシス先生は私たちに指示する。

私は一度目を瞑《つぶ》って、呼吸を整えていた。

小刻みに震える体を踏ん張って支え、ゆっくりと瞼《まぶた》を上げて、間近でその瞳を見つめる。

鮮やかな海色を閉じ込めた瞳を。

なんて不思議な感覚かしら。自分が持つものと同じ瞳が、目の前にあるなんて。

私は心の中で唱える。囁《ささや》く。

マキ・リエ・ルシ・ア――

それは、この世界で一番悪い魔女と呼ばれた〈紅《くれない》の魔女〉の第一呪文。

この呪文に隠された、あなたの本当の名前は、何？

チカチカと目の奥に、白い火花を見た。

そして、スウ……と、意識が目前の瞳の奥に吸い込まれて行くような心地だった。

○

どこまでも続く夕焼け空。

どこまでも続く、夕焼け空を移し込んだ水面《みなも》。

私は、それ以外に何もない世界の、中心に立っている。

水面に映る自分の姿は、学生服のマキアではなく、古めかしい赤いローブドレスを纏《まと》った魔女だった。

その魔女の髪は、夕焼け色に負けないほど赤く、燃え上がる炎のよう。

波打つ長い髪の隙間から、海色の瞳《ひとみ》がキラキラ輝いている。

その表情は、マキアという名の少女と同じ顔でありながら、少し大人びていて、どこか不敵に微笑んでいた。

私に、笑っている自覚など無かった。

ただ、水面に映り込むその魔女は、口角の上がった赤い唇に人差し指を当てて、僅かに口元を動かした。


——マキリエ。


カチッと、記憶の鍵《かぎ》を開ける音がする。

思い出した。かつて自分の名前が、マキリエだったということ。

それを自分の名前だと思ってしまった時点で、私は〈紅の魔女〉の生まれ変わりであることを、否応《いやおうな》無しに認めていた。水鏡に映る姿が自分のものだと、受け入れていた。

静かに涙が溢《あふ》れ落ちる。

それが水面に波紋を描く。

涙が溢れて、溢れて止まらない。

胸に迫る切ない感情は、いったいどこからやってくるのだろう。

だけど私はこの感情を知っている。

これは、大好きだった人が、遠くへ行ってしまう時のもの。

水面に映る魔女もまた、不敵に微笑みながら泣いている。表情と感情が真逆なのだ。

だけど私の涙が波紋を描いたせいで、彼女の姿は徐々に見えなくなっていった。

「ま、待って……っ」

私はしゃがみこんで、水面に両手をつけて、その向こうにいるはずの魔女を捜す。

すると、自分の体が水に飲み込まれ、私は夕焼け色を溶かした水の中で、いつか、どこかの光景を見ているのだった。


『マキリエ。あなたは本当に天邪鬼《あまのじゃく》ですね。高笑いしながら泣くなんて。もう少し、素直になったらよろしいのでは？』

孤島の浜辺にて。

呆《あき》れた顔をして、いらぬ助言をしてきのは白髪の賢者だったか。

『魔女様！　そんなことばっかり言ってるから悪い魔女だって誤解されてしまうんですよ。魔女様が奴隷商から助けた女の子たち、巷《ちまた》じゃあ火炙《ひあぶ》りされて食べられたことになってますよ！』

塩の森の小屋にて。

自分と同じ赤髪だが、短髪で活発な口調のこの子は誰だったか。

『お前が……紅の魔女マキリエか？』

戦場のど真ん中。

金髪の幼い少年が、私のローブを掴《つか》んでいた。

その目は幼子のものとは思えず、ずっと大人びていた。

『帰れ。ここはお前の来るところじゃない』

北国の雪原にて。

精霊のドラゴンを侍《はべ》らせて、優しくないことを言ったのは、眼帯をした黒髪の魔王。

ああ、なるほど。トールに良く似ている……

めくるめく記憶のカケラ。

それが泡沫《ほうまつ》のように私の魂をくすぐって、すぐに消えていく。

懐かしい気持ちがこみ上げて、もっともっと記憶を探ってみたいと思ったけれど、これ以上は、思い出すのが恐ろしくもあった。その恐怖のせいで、目の前が暗転する。

どうしてかしら。

胸に秘めていたのは、叶《かな》わぬ、たった一つの恋心。

ああ、そうだ。

紅の魔女とは。

二つ前の前世の私とは。

表向きの姿と、内に秘めた感情が真逆の魔女だった。

それが仇《あだ》となって色々な人に嫌われたし、悪い魔女だと言われた。恋をした相手にも、その想《おも》いを伝えることができなかった。

だからこそ、願ったのだ。

来世があるのなら、ちゃんと想いを告げられるような素直な女の子になりたい、と。

想いを告げられないままやってくる〝さよなら〟があることを、私はもう、知っていたから。

○

「自分が何者であったのかを、思い出しましたか？」

ユリシス先生の問いかけで、私はハッと意識を現実に引き戻された。

ゴシゴシと、涙を制服のローブの袖《そで》で拭《ぬぐ》う。

「……記憶の……全てが蘇《よみがえ》った訳ではありません。ですが……自分が〈紅の魔女〉だったことは、私の魂が受け入れたのだと思います」

ゆっくりとした口調だったが、私は思いのほか、落ち着いて返事をしていた。

まるで、誰かの一生を映しこんだ映画のワンシーンをいくつか抜き出して、繋《つな》いで、外から鑑賞したよう。

あの流星群の夜、〝小田一華《おだかずは》〟だった一つ前の前世を思い出した時も、こんな感覚だったな。むしろ小田一華時代を挟んでいるからか、どの記憶もはるか遠く、おぼろげだ。

それなのに、私はボロボロと泣いていた。

どうしてこうも、胸がえぐられるほど切なく、悲しい気持ちでいっぱいなのか。

これは〈紅の魔女〉の感情なのだろうか。

「トール……トールは……」

私はハッと顔を上げて、トールを捜した。

彼も私と同じように、いくつか記憶を思い出したはず。

トールは受け入れたのだろうか。自身の前世が〈黒の魔王〉であったことを。

「…………」

トールはすぐ側にいた。

しかし顔に手を当てたまま項垂《うなだ》れ、言葉を発することがない。

その目からは、指の間から、涙がとめどなく流れている。

トールがこんなに泣いているところを、私は初めて見た。

「……トール？　どうしたの？」

私は酷《ひど》く心配になった。

自分が前世を受け入れたこと以上に、トールの涙に動揺させられた。

トールは一つ前の前世・斎藤徹《さいとうとおる》すら思い出すことなく、前世というものをイメージできないまま、ここに至った。

もしかしたら、記憶が混乱しているのではないだろうか。

「どういうことだ……」

受け入れ方がわからないのでは……

「え？」

「どういうことだ、カノン・パッヘルベル！」

しかしトールは、予想外にもその名を叫んだ。

顔を覆う指の隙間から、背後に控えているカノン将軍を強く睨《にら》みつけている。

「どうしてお前が五百年前にも存在している。俺を……っ、黒の魔王を殺したのは、お前だった！」

トールの言葉に、私も表情が強張《こわば》った。

どういうことなの。トールはまさか〈黒の魔王〉時代の、自分が死んだシーンすら思い出し、そこでカノン将軍の姿を見たとでも言うのだろうか。私は自分の死んだところなど、見ていない。

だがしかし、大切なのはそんなことじゃない。

黒の魔王を殺した者など、歴史上ただ一人。有名な〈トネリコの救世主〉だけ。

まさか……

トネリコの救世主とは……

「いかにも、その通り。五百年前〈黒の魔王〉を殺したのは俺だ」

カノン・パッヘルベルは、隠すことなく単調な声音で認めた。

柘榴《ざくろ》色の瞳で素っ気なくトールの方を見ながら、実にあっさりとした返答だった。

「〈黒の魔王〉だけではなく、そこにいる〈白の賢者〉を殺したのも俺だ。そして俺と共に自爆したのが〈紅の魔女〉。歴史の通りだ」

「…………」

「しかし、俺が殺したのはお前たちだけではない。三百年前の〈藤姫《ふじひめ》〉や〈聖灰の大司教〉を死に追いやったのも、まさしく俺だ」

「え……」

い、意味がわからない。

だが、地球で小田一華と斎藤徹を殺したのも、まさしくこの男だった。

思い出したのは、かつてこの男に言われた言葉。

『何度生まれ変わっても、俺はお前を、必ず、殺す』

その言葉の意味が、徐々に解き明かされている気がする。

確かな答えだけがわからないまま、すぐそこにある気がする。

そう。

私は、私たちは、一つ前の前世でも二つ前の前世でも、この男に殺されたのだ。

カノン将軍は、押し黙る私とトールに対し、相変わらず無感情な声音で続けた。

「もうわかっただろう。俺は歴史上、様々な立場を利用し、大魔術師《ロード》クラスに相当する人間を見つけ出し、殺し、その魂を回収する者だ。今世も例外ではない。お前たちは必ず最後に、俺に殺される」

「……っ、何なんだ。何なんだお前は！　歴史上に何度も現れて、大魔術師を殺しているっていうのか。お前は不老不死だとでもいうのか！　なぜ俺たちは、お前に殺されなきゃならない。お嬢の、ことだって……っ」

いつもは冷静なトールが、今ばかりはその冷静さを欠き、深い憎しみを思わせる表情でカノン将軍を睨みつけ、疑問ばかりを叩《たた》きつけていた。

無理もない。

今まさに、前世の自分がこの男に殺される瞬間を見たのだから。

「落ち着け、落ち着け、皆の衆。特にトール・ビグレイツ！」

パンパン、と手を強く叩く音がして、甘い香りが鼻腔《びこう》を掠《かす》める。

私たちは、その甘い香りの誘う方へと視線を向けた。

階段の下——出入口の扉の方向に、別の、二人の影がある。

柔らかく波打つ藤色の長い髪。あれはフレジール皇国のシャトマ女王陛下。

そしてもう一人は、お馴染《なじ》みのエスカ司教だ。

「我々が全てを説明してやる。この扉が開くのを、妾《わらわ》はずっと待っていたのだ」

シャトマ女王は、ひらひらと舞う紫色の蝶《ちょう》を侍《はべ》らせながら、そう告げた。

予想外の人物の登場に、私とトールはますます動揺する。

「フレジールの女王陛下。どうしてあなたが……」

「どうしてもこうしても、妾もまた転生者だ。妾は三百年前を生きた大魔術師〈藤姫〉である」

女王が告げた唐突な真実に、私は思わず口元を手で押さえた。

藤姫——

それは三百年前に存在した、聖女と名高い大魔術師の名前だ。現代もその名は広く有名であり、好きな大魔術師ランキングでも毎年一位を獲得するほど。

そしてこのフレジールの女王は、確かにかつて、自身を〈藤姫〉と言っていた。

てっきりファンか何かだと思っていたのだけれど、この局面で、この場にいるということは……

「あなたもやはり、大魔術師の生まれ変わりなのですか？」

「正解。その通りだ、マキア・オディリールよ」

シャトマ女王とエスカ司教は、私たちと同じ高い場所まで上ってきた。

そして女王は、自分の臣下であるカノン将軍と僅《わず》かに視線を交わしたのだった。

「カノン、もう行くのか？」

「ああ。敵がここを見つけるのも時間の問題だ。扉は開いてしまったのだから」

「ならば行くがよい。後のことは妾に任せよ」

「……ああ」

カノン将軍は私たちの間を抜けて、瞳《ひとみ》入りのカプセルをはめ込んだ柱の前に立つ。

そして、三つの瞳を前に片手を掲げた。

「………」

呪文《じゅもん》も何も唱えないが、妙な魔力の流れを感じる。

カノン将軍が魔法を使っているのだ。

直後、柱にはめ込まれていたカプセルが開き、中の水が抜かれた。

カノン将軍はカプセルの底に落ち着く瞳に手を伸ばし、一つ一つを確認する。

私も後ろから見ていたが、瞳の周りは結晶化しており、本物の宝石のよう。

将軍はそれを懐に仕舞う。他の二つも同様だ。

「おい、落とすんじゃねーぞ」

エスカ司教の注意を聞いているのか、いないのか。

「聖地で待つ」

カノン将軍は一言そう告げて、軍帽の鍔《つば》をつかんだままスタスタとこの場を立ち去った。

その言葉は、誰に向けられたものだったのだろう。

それとも、この場の全ての者に対する言葉だったのだろうか。

私やトールには、目もくれなかったけれど。

「……っ」

本当は、もっと色々と、あの男に聞きたいことがある。

トールも同じだったのか、それとも、何も教えようとしないカノン将軍が許せなかったのか。

歯を食いしばり、剣を抜き、立ち去るカノン将軍を追いかけようとしたのだが、

「待ってください、トール君。彼は行かせてやってください」

トールの腕を引き、止めたのはユリシス先生だった。

「ですが、殿下！　俺はまだあいつに聞かないといけないことがあります！」

「わかっています。ですが、あなたの疑問はここにいるお二方が答えてくれるでしょう。僕の時もそうでしたから」

ユリシス先生が言うお二方とは、シャトマ女王陛下と、エスカ司教のことだろう。

シャトマ女王はクスッと微笑《ほほえ》み、妖艶《ようえん》に目を細める。

彼女の視線には力があり、トールはそれに従うほか無かった。

「いい子だ、トール・ビグレイツ。しかしいざとなったら、どこから話せば良《い》いかわからぬものだな。まずはお主たち、妾に問い質《ただ》したいことがあれば率直に申してみよ。何でもよいぞ？　それを足がかりに話をしてやろう」

シャトマ女王陛下は、カノン将軍がこの場から去ったのを横目で確認しつつ、懐からレースの扇を取り出し、それを口元に添えた。

聞きたいことは山々だったが、いざ問われると、こちらも何から聞けば良いのかわからない。それだけ事情が複雑だ……

私は、あえて、こんな問いかけをしてみた。

「よろしいでしょうか、女王陛下」

私は制服のローブを摘《つま》んで軽くお辞儀をする。

「こんなことを聞くのは大変失礼かと存じますが……シャトマ女王陛下とエスカ司教は、カノン将軍のことが恐ろしかったり、憎らしかったりしないのですか？」

「ん？」

「カノン将軍が先ほどおっしゃっていました。〈藤姫〉と〈聖灰の大司教〉も彼によって、死に追いやられた……のでしょう？」

「ん⁇」

シャトマ女王とエスカ司教がお互い同じ方向に首を傾《かし》げた。

そして目をパチクリさせている。

あれ。何だろうこの反応。このキョトン顔。

私、変な質問をしてしまったんだろうか。

「ふっ。あっははははは」

しかも二人は吹き出して、たまらず腹を抱えて大笑い。

まるで私が、おかしな質問をしたかのようだ。

「あやつめ。お前たちにそんなことを告げたのか？　死に追いやられたといっても、そなたら五百年前組と違って、我々三百年前組の死に様は少々異なる。妾の場合は、公の場で、ギロチンによる処刑であった。有名な話だぞ」

と、シャトマ女王陛下。首を切るようなジェスチャー付き。

「俺は、自分の銃で頭ぶち抜いて自害したしなあ」

と、エスカ司教猊下《げいか》。頭を銃で撃つジェスチャー付き。

「え……？　え⁇」

私は混乱した。

シャトマ女王とエスカ司教が、平然と前世の死を語ったからだ。

どちらも、あっさり告げるには悲劇的で、衝撃的な死に方だ。

「我々はむしろ、カノンには申し訳ないという気持ちでいっぱいなのだ」

「え……？」

「だが、俺たちがそう思えるのは、あいつの事情を知っているからだ。知らなければ、あいつはただの大魔術師殺し。あいつを憎むのも無理はない」

女王と司教は、そのように語る。

先程まで二人とも大笑いしていたのに、この時ばかりは真面目な顔をしていた。

「それでは聞き方を変えます。あの男……カノン将軍の事情とは何ですか？　どうしてあの者は、大魔術師を殺しているのですか。それも、あらゆる時代に現れてまで」

トールは少し落ち着いてきたようだったが、表情は硬く、その声音は低かった。

「そうだなあ。あの男が何者だったのかというと、最も有名どころでいうとお前たちを殺した〈トネリコの救世主〉であろう。もしくは、我々と同列の大魔術師に数えられる、千年前の〈金の王〉であろうか」

「金の王……？」

驚いた。その名前は、ルネ・ルスキア魔法学校でそれなりに歴史の授業を学んでいれば、必ず知ることになる名前だ。

金の王——

約千年前の魔法黎明期《れいめいき》において、歴史上に名を残す大魔術師が一国の王として君臨した時代。暴君と名高い〈銀の王〉と戦争をし、勝利した。その果てに銀の王が編み出した魔法を、全て歴史上から消し去ったのが〈金の王〉だという。

遥《はる》か昔の大魔術師が、あのカノン将軍……？

しかし確かに、大魔術師は髪の色を二つ名に冠するというし、カノン将軍は金髪だ。

私も常々、あの人のことを、金髪の男だと意識してきた。

「あやつはあらゆる時代において、様々な立場、名前をもって〈大魔術師クラス《ロード》〉を追い詰め、殺してきた。総じて、聖地ではあやつのことを〝回収者〟と呼んでいる。これは聖地の事情に詳しい司教様に聞いた方が早いかもしれぬがな」

シャトマ女王は、隣のエスカ司教に目配せする。エスカ司教は飄々《ひょうひょう》と答えた。

「まあ、聖地はあの野郎と、グルみたいなところがありますからな」

聖地がグル……？　カノン将軍と？

「なら、カノン将軍のやっていることは……大魔術師を殺すということは、この世界にとって必要なことなのですか？」

「おお。テメーにしちゃあ察しがいいじゃねーか。マキア・オディリール」

エスカ司教は皮肉っぽく笑う。私のことを酷《ひど》く鈍い女だと思っているからだ。

だけど、わからない。どうして大魔術師を殺すことが、世界にとって必要なのか。

「ではなぜ、あの男が、その〝大魔術師殺し〟の役目を担っているのですか？」

トールの疑問は鋭かった。

私も、それこそが、私の知りたかったことの全てに繋《つな》がっている気がしていた。

「それがあやつの、使命だからだ」

「なぜそんな使命を？　誰かに命じられているのですか？」

「誰か？　誰かに命じられたというのなら、それは……」

シャトマ姫は、皮肉を込めてフッと笑う。

しかしその瞳は悲しみを帯び、揺れていた。


「それはここにいる我々全員だ。最初の我らが、あやつにその〝使命〟を押し付けた」


え――――？

シャトマ女王陛下はこの場の者たちを見渡した後、視線を上げた。

彼女が見ていたのは、この空間をぐるりと取り囲むように描かれた、壁画。

メイデーアの創世神話の壁画だ。

十人の神々が横並びに立っているあの壁画、私も普段から礼拝堂や教会で見る。

「全ての始まりは、神話時代に遡《さかのぼ》る」

シャトマ女王陛下はゆっくりと片腕を上げ、それを指差し、告げる。

私たちが知りたかった真実。

知らなければならなかった、物語を。

「刮目《かつもく》して見よ。大魔術師は全部で十人。その数字の意味があの壁画にあるのだ」

創造の神　　パラ・アクロメイア
時空の神　　パラ・クロンドール
戦争の女神　パラ・マギリーヴァ
豊穣《ほうじょう》の女神　パラ・デメテリス
精霊の神　　パラ・ユティス
運命の女神　パラ・プシマ
法と秩序の神　パラ・トリタニア
勝利の神　　パラ・グランディア
災いの神　　パラ・エリス
死と記憶の神　パラ・ハデフィス

私もまた、その壁画を見上げた。しっかりと見て、真実を探る。

そして、すぐに気がついたのだ。

神々の並び立つ人数。十という数字の意味を。

まさか。

大魔術師とは。

「ああ。テメーらがそれなりに察しが良《い》いのなら、今、想像した通りだぜ」

エスカ司教が顔を伏せつつも、歯を見せてニヤリと笑う。

「あれに描かれている者たちが、転生を繰り返す〈大魔術師《ロード》クラス〉の正体。最初の十人。

俺たちの始まりは、このメイデーアという名の世界を作った、神だ」

始まりの魔法使い――

十柱の創世神は、別名でそう称されていたのを思い出した。

「そんな、ありえない。そんな話は、到底信じられません」

トールが頬に一筋汗を流し、何度か首を振っていた。

「…………」

私も言葉が出てこない。トールと全く同じ気持ちだ
紅の魔女の生まれ変わりだと言われただけで、もう一杯一杯だったのに。

繰り返す転生を遡れば、この世界の神様に辿《たど》り着くなんて、そんなの、誰が信じられる

というの。

それは、遥かに、遠い遠いお話すぎて……

「まあ、そうなるわな。別にこんな話、信じなくてもいいんだぜ。俺たちだって何の実感もねえしな。実感があるのなんて、せいぜい一つ前の前世くらいだ」

「司教様……」

「ただ、自分たちのルーツを情報として持っているだけだ。お前たちが混乱するのは分かっていたが、神話時代の話までしねえと、結局カノンの野郎の正体を説明できねーからな」

「え……？」

それは、どういうことだろう。

エスカ司教の話と繋げるように、ユリシス先生も口を開いた。

「そうですね。では神話の授業を少ししましょう。マキア嬢」

突然、教師モードのユリシス先生が、授業でいつもしているみたいに私を当てる。

私も反射的に「はいっ」と答えてしまった。

「神話時代がどうして終焉《しゅうえん》を迎えたのか、答えられますか？　優等生のあなたなら、歴史の授業で習ったことを覚えているはずですね」

「え、あ」

こちとら、衝撃的な事実を突きつけられたばかりで、まだそれを受け入れられていないのに……

「は、はい。神話時代が終わったのは〝巨人族の戦い《ギガント・マギリーヴァ》〟と呼ばれる神々の最終戦争のせいです」

私は狼狽《ろうばい》しながらも、冷静に答えた。

「そう。巨人族の戦い《ギガント・マギリーヴァ》、だ。自分たちで作った世界を、馬鹿みたいな戦争でぶっ壊した神々は、その行いを反省し、世界を再構築した。そしてもう二度とこのような過ちを繰り返さないよう、世界をあらゆる〝法則〟で縛り付けた」

「法則……？」

一つ、我々の魂を、数百年ごとにランダムで転生させること。

二つ、魂の回収者に、我々を殺せる力を付与すること。

三つ、異世界より〈救世主〉を召喚する権利を、回収者に付与すること。

「まあ、他にも色々とある訳だが、この話で必要になる情報はこんなところだ」

法則について私たちに話して聞かせたのは、エスカ司教だった。

ということは、アイリを救世主として、このメイデーアに召喚したのは、カノン将軍だったということか。

五月のあの日、学校の屋上で、私たち三人が金髪の男に襲われたのは……

全て、メイデーアの法則により、定められた事柄だったのだ。

「大魔術師とは、神だった者たちが数百年ごとにランダムに転生を繰り返し、歴史の針を進める存在だ。神という存在ではなくなったが別格の魔力を持つため〈大魔術師《ロード》クラス〉と称されている。こいつらが居なければ、メイデーアという世界もまた成長しない。しかし神々の生まれ変わりなんて、放っておけば膨大な魔力を糧にいつまでも生き続け、やがて世界を支配しようとする……そうなれば、ただの癌《がん》だ」

エスカ司教は、らしくない表情で壁画を見上げていた。

「神々は思ったのだろうな。それでは同じことを繰り返す。再び巨人族の戦い《ギガント・マギリーヴァ》が引き起こされて、世界の終焉がやってくる、と」

「…………」

「ゆえに、神々の転生者を監視し、記録し、頃合いをみて殺す役目を持った存在が必要だった。しんどい役目を押し付けられたのは、神々の壁画で一番端にいる神だ」

エスカ司教が、手に持っていた司教杖《づえ》で、それを指した。

十人いる神々のうち九人は横を向いている。

しかし一番端にいる神様だけが、たった一人、真正面を向いている。

「マキア・オディリール。お前には以前、話をしたよな。たった一人だけ真正面を向いている神の意味を」

「はい、司教様。彼は……彼の名は、パラ・ハデフィス。死と記憶を司《つかさど》る神様です」

自分で語りながら、まさか、と思った。

まさか、カノン将軍は……

「そうだ。カノンという男は、神話時代まで遡ると、死と記憶を司る神パラ・ハデフィスに相当する存在。神々の転生者を殺し、この世界の秩序を守り続けた者だ。どうしてこいつにその役目が与えられたのかというと、こいつだけが神話時代から続く膨大な記憶を保ち続けられ、俺たち大魔術師を殺す力を、かつての俺たちによって付与されているからだ」

あまりに壮大な話で、私にはまだ実感がない。

しかし、ドクンと胸を打つような衝撃がある。

もし本当に、神話時代などという遥か昔の時代から、今に至るまでの記憶を全て保ち続けているのなら、それはあまりに現実離れした、残酷なことのように思えたのだ。

「どうしてそんな重要な話を、今まで黙っていたのですか」

「言ったところで、こんな話を、そなたは本当に信じられたか？　トール・ビグレイツ」

トールは口をつぐんだ。

自分で問いかけておきながら、シャトマ女王陛下に何も言えない。

「お前たちが〝前世〟を自覚していなければ、到底受け止めきれないような話だ。あの男に殺されたことがある、という記憶があるかないかは、とてつもなく大きいのだ」

それは、確かにそうかもしれない。

私は、小田一華の記憶があったから、カノン将軍が前世で自分を殺した男だとわかっていたけれど、トールはそうじゃなかった。

だけどトールは〈黒の魔王〉があの金髪の男に殺されたことを、今、しっかりと思い出していた。

当事者になってやっと、信じられることがあるから。

「……はあ。ここまでだぜ。ここで終《しま》いだ。他にも話したいことは山々だが、こいつらの頭がパンクして、気がどうかしちまっても困る」

「…………」

エスカ司教は、私とトールの様子を見て、今語れる真実はここまでだと判断した。

聞きたいことは、まだ山ほどあると思う。

だけどそれを整理するには、確かにもう少し時間が欲しい。

ただ、一つだけずっと、気になっていることがある。

「……あの。最後に一つ良いですか？」

　私は顔を上げ、シャトマ女王陛下とエスカ司教、そしてユリシス先生をそれぞれ見て、問いかけた。

「結局のところ、あなた方は私たちに、何を求めているのでしょうか。今になってその話をしたということは、何か、要求があるのでは？」

　当初から、彼らは私たちが大魔術師として〝帰還〟するのを、静かに見守っていた気がする。少しずつ、少しずつ、丁寧に導きながら。

　だが、その裏にある大人たちの目的は何だ。

「ふふ。単刀直入に告げよう。お前たちが秘める大魔術師としての力を借りたいのだ」

　女王陛下は後ろ手に組んで、堂々と告げる。

「今後起こるであろう帝国との覇権争いで〈大魔術師《ロード》クラス〉の協力は必要不可欠だ。この時代は十人の〈大魔術師《ロード》クラス〉が出揃《でそろ》うと、すでに予言されている。そして、十人という限りある数字が、どのように世界各国に散っているのか。それをどの国も知りたがっている」

「……要するに、十人いるうちの何人を味方につけられるかが、今後の戦争を左右する、ということでしょうか」

「全くもってその通りだトール・ビグレイツ」

　シャトマ女王陛下は、持っていた扇子をビシッとトールに突きつける。

「帝国も〈大魔術師《ロード》クラス〉を何人か見つけ出し、味方につけているだろう。我々もできる限り多くの大魔術師を味方につけ、その魔法を駆使した戦術を……」

しかし話の途中、彼女はグッと言葉を自ら制止し、首を振る。

「女王陛下？」

「いや、違う。違うのだ。それは皇国の王たる妾《わらわ》の、表向きの要求でしかない。妾には他にも目的がある」

女王の言葉や表情は、まるで、それを告げなければ私たちの信頼は得られない、とでもいうかのようだった。

「妾はただ、あいつを……カノンを解放してやりたいのだ。我々を殺さなければならない、その終わりのない役目から」

そして、シャトマ女王陛下は再び、高い場所に掲げられた神話時代の壁画を見上げた。

「酷《ひど》い話だ。たった一つの前世の記憶であっても、身を焦がすほど懐かしく、切なく、苦しいのに……っ」

「…………」

「それを全て覚え続け、なお、殺さなくてはならないなんて」

かつての自分たちを責めているかのように、壁画に連なる神々を睨《にら》みつけている。

しかし、最も端にいて、誰とも違う場所を見ている孤独の神だけは、違う。

彼のことだけは、悲しそうに、愛《いと》おしそうに、見つめている。

「今世の戦争の果てに、あの人の……カノン・パッヘルベルの解放があるというのですか」

私は静かに、尋ねていた。

「わからない。だが、見つけ出したいのだ」

女王陛下は眉《まゆ》を寄せ、微笑《ほほえ》む。その琥珀《こはく》色の瞳《ひとみ》は僅《わず》かに潤んでいた。

どうして。

どうしてシャトマ女王は、かつて自分を死に追いやった男を、そこまで想《おも》えるのだろう。

私にはわからない。

私が覚えているのは、殺される直前の、あの男の冷徹な柘榴《ざくろ》色の瞳だけ。

今もまだ、あの男は私にとって恐怖の対象だ。

「こんなことを急に言われて、すぐに納得できないのはわかっている。殺された記憶を思い出したのであれば、カノンに対する憎悪や、恐怖、複雑な感情があるのも当然だ。今すぐ納得しろとは言わない。だが……星が並び立つように、十人が出揃うチャンスは今世しかない」

シャトマ女王は、扇子を懐に仕舞う。

私たちの方へと歩みを進め、手前に片膝《かたひざ》をつく。

「え……」

そして、一国の女王が、胸に手を当てて頭を下げる。

彼女がそうしたことで、エスカ司教もまた同じように、彼女の傍《そば》で膝をついて頭《こうべ》を垂れた。その姿に、私たちは唖然《あぜん》としていた。

「どうか、我々に力を貸して頂きたい。三大魔術師に名を連ねし、偉大なる黒の魔王。そして、この世界で一番悪い魔女……紅の魔女よ」

私たちより、ずっと立場のある方々だ。

命じてしまえば良《い》いものを、決してそうはしない。

ただそれだけで、私は、自分がとんでもなく大きな運命のうねりに巻き込まれ、そこから逃げられないのを感じていた。

そして目の前にいるこの人たちは、そのうねりに身を任せながらも、抗《あらが》いたいと願っているのだ。

第五話　私たちの青春と、救いの物語

昔々。

あるところに赤髪の魔女、白髪の賢者、黒髪の魔王がおりました。

三人の偉大な魔術師は出会うべくして出会いましたが、あまり仲良しではありませんでした。

しかしお互いに、力を認めてもいいかなあ、と思っている時期があったのでした。

「こんな小島に、要塞《ようさい》のお城を作りたいの？　いよいよ賢者様が権力欲に溺《おぼ》れて、王様にでもなるつもりかしら？」

三角帽子を被《かぶ》った赤髪の魔女は、その長い髪を潮風になびかせながら、皮肉をたっぷりと込めてコロコロと笑っています。

「違うよ、マキリエ。私はただ、誰もが自由に魔法を学べるような学校を作りたいんだ」

「魔法の学校ねえ～」

白髪の賢者の言うことに、赤髪の魔女は乗り気ではなさそう。赤いローブドレスを摘《つま》んで持ち上げながら、浜辺の貝殻を蹴飛《けと》ばしています。

しかし白髪の賢者はめげません。

今度は海の向こうの水平線を見つめている黒髪の魔王を誘います。

「君はどう思う？　興味ない？」

「ふん。南の国は暑くて敵《かな》わん。俺は帰る。グリミンドも辛《つら》そうだからな」

「えっ、待って、待ってよ。ねえ聞いておくれよ私の計画を！　この計画には君たちの協力が不可欠なんだ！」

今にも精霊のドラゴンの背に乗って帰ろうとする黒髪の魔王を、白髪の賢者は必死に引き止めていました。

「あっははははは。なーに必死になってんのよ賢者様。そんな男、放っておけばぁ〜？　そいつは自分の城に引きこもりすぎて、外の世界が怖いのだわ。こんな平和な南の国でさえ、長居することができないのよ」

赤髪の魔女は高笑いしながら、黒髪の魔王に指を突きつけ、ここぞとばかりに罵倒《ばとう》します。

黒髪の魔王もまた、赤髪の魔女の挑発を無視することができず、振り返って魔女を睨みつけるのです。帰ろうとしていたのを、わざわざやめてまで。

「なんだと、紅《くれない》の魔女。貴様、また泣かされたいらしいな」

「あら、あれはわざと泣いたのよ。女の涙は武器なのよ。私の場合は文字通り」

赤髪の魔女が得意げに言うと、黒髪の魔王はドラゴンから降りて魔女の元へとスタスタと向かい、彼女の頬を両手で摘んで思い切り引っ張ったのでした。

「ひいっ！　いらい、いらい、いらい～っ！　ちょっとあんた、レディーの頬を思いっきし抓《つね》る男なんて最低よ！　ド最低！」

「ド最低で結構だ。あとお前、レディーのつもりでいるのか……？」

「何よその顔。ムカつくわねぇ～っ！」

魔女が痛みでボロボロ泣くと、その涙は浜辺に転がり落ち、丸い塩の石になりました。

真珠と間違って拾ってしまう人がいたら御愁傷様です。

「ま、まあまあ。顔合わせる度に喧嘩《けんか》するの、やめておくれよ。それを止めるよう聖地に言いつけられている私の身にもなっておくれ。君たちが暴れたら、こんな小島一瞬で吹き飛ぶのだから」

「あんたはお黙り！」

「お前は黙ってろ！」

「…………」

白髪の賢者は長い溜息《ためいき》。彼はとっても苦労していました。

赤髪の魔女と黒髪の魔王の喧嘩を止めるのは、いつも賢者の役目だったからです。

「だからやめろって……言ってるだろうがっ！」

浜辺に猛々《たけだけ》しい雷が落ちました。

聖者の顔も三度まで、ということわざが古くからメイデーアにありますが、その通り、怒ったら一番怖いのは白髪の賢者でした。

そのため、赤髪の魔女も黒髪の魔王も、白髪の賢者の〝頼み事〟を断ることができないのでした。

「……はあ。それで要塞の城だって？　こんな小島に？　しかしお前の考えるような巨大な城をこの土地に築くのは難しいぞ。地盤が緩い」

「え？　そうなのかい？」

「ただし塩の森の塩があれば、地盤を固められるだろう。そこの魔女を泣かせばすぐに手に入る。俺の国も、そこの魔女が涙を垂れ流して作った塩の石で、随分と強固な城壁を築くことができた」

「おおお、お前、乙女の涙をなんだと思ってるの！」

「乙女って誰のことだ……？」

ムキーと怒る赤髪の魔女を、白髪の賢者が押さえ込んで宥《なだ》める。いつものことです。

黒髪の魔王は、もうすっかりこの小島に城を建てる構想をしているようで、未開の小島にスタスタと踏み入るのでした。

のちの歴史に名を残す、三人の大魔術師。
彼らの若かりし頃の、誰も知らない物語。
三人が作り上げた小島の城は、のちに要塞として魔法大戦に使用されてしまいますが、
その後は賢者の望んだ通り、多くの精霊たちに守られた魔法の学び舎《まなや》となるのです。
それが、ルネ・ルスキア魔法学校の、始まり、始まり。

ですが彼らは知りませんでした。
自分たちに宿る特別な力が、この世界を創った神様の力だったなんて。
その力を持って生まれたせいで、のちに、金髪の死神が殺しに来るなんて……

◯

夢を見ていた。
三人の魔術師が、まるで子どものように浜辺でじゃれ合って、仲良く喧嘩して、語り合う。そんな夢。

「…………」

目を覚ましたのはいいけれど、なかなか声が出ず、また体も動かなかった。

全身が驚くほど痛い。

エスカ司教の訓練後の筋肉痛でも、ここまでではないのになあ。

「あ、そっか。あの後、猛烈な知恵熱でぶっ倒れたんだっけ……」

いや、知恵熱というより、ユリシス先生が危惧《きぐ》していた〝反動〟だろう。

学校を守るために膨大な魔力を使い、その後、畳み掛けるように〝この世の真実〟を知らされた。

緊張感が解けた後の、肉体への負担は半端なものではなかった。

「知らなければならなかった、物語、か……」

私はそれを知って嬉《うれ》しかった？　悲しかった……？

「マキア嬢。気がつきましたか？」

真横から声がした。よく知る人の声だった。

「……目を覚ますと、いつもユリシス先生が側にいる気がします」

体が動かないので、視線だけをそちらに向ける。

ベッドの側の椅子に座っているユリシス先生は、眉を寄せて微笑んでいた。

「まだ、僕のことを先生と呼んでくれるのですね」

「……勿論《もちろん》です。私にとって先生は、先生ですよ」

たとえそれがこの国の王子でも。

たとえそれが、白の賢者と呼ばれた偉大なる魔術師の生まれ変わりでも。

「先生。夢を見ました。……多分、紅の魔女の記憶です。今までも、部分的に夢に見ることはあったのです。それが何なのか、わからずにいただけで」

でもやっと、理解できた。

「そっか。私の二つ前の前世の、記憶だったんですね」

私には、一つ前の前世の記憶がすでにあった。

だから〈紅の魔女〉の記憶を、更に人生を遡《さかのぼ》った〝二つ前の前世〟の記憶などとは、思い至ることもなかったのだ。

「紅の魔女が自分であるという自覚は、まだありませんか？」

「……そうですね。まだ何だか、他人のようです。だけど〈紅の魔女〉の瞳《ひとみ》と目を合わせた時から、それが自分の前世だというのは不思議と受け入れているのです。流星群の夜、一つ前の前世を思い出した時のように」

そう。納得はできている。

ただ、何と言ったら良《い》いのだろう。

「もはや、自分がいったい何者なのか……自分でもよく分かりません」

「…………」

　少し、沈黙が続いた。

「あの、トールは？」

　そういえば、と思ってキョロキョロと辺りを見渡すも、トールの姿はない。

　この部屋には居ないようだが、彼は無事なんだろうか。

「大樹の果実の効果が切れた後、トール君もあなたと同じように倒れてしまったのですが、彼は魔力の消耗が著しいものだったので別の治療室にいます。ですがご安心を。命に別状はなく、じきに目を覚ますでしょう」

「トールの瞳は……」

「ご安心を。一時的にですが魔法の義眼を埋め込むことができそうです。フレジール皇国にさえ行けば、お約束通り、黒の魔王の瞳を移植することが可能でしょう。トール君がそれを望めば、ですが」

「……そうですか」

　正直、素直によかった、と思っていいのかわからない。

　しかしトールにとって不便なことが無く、今まで通りの生活を送れるのなら一安心だ。

「ありがとうございます、ユリシス先生」

「いえ、お礼を言いたいのはこちらの方です」

先生は視線を落とし、柔らかな前髪で目元に影を作りながら、私に告げた。

「あなたは僕を信じ、ルネ・ルスキア魔法学校を救ってくださった。かなりの無茶をさせたというのに」

先生は、何だかそれを悔いているような面持ちだ。

私はできる限り、大きな声で「いいえ」と言った。

「いいえ先生。先生がいたから、あの脅威を退けることができました。先生は……先生は、この学校を作った〈白の賢者〉だったのですね」

私はやっと、それを自分の言葉で言って確かめる。

ユリシス先生は顔を上げ、柔らかく微笑《ほほえ》み、頷《うなず》いた。

夢の中で見た、白髪の賢者の微笑みに、先生の微笑みを重ね合わせる。

「先生。白の賢者は、紅の魔女の友人だったのですか？」

「え……？」

ユリシス先生は少しばかり驚いていたが、すぐにクスクスと笑う。

「ええ、そうです。あの関係を友人と呼んでいいのか分かりませんが、僕はそう思っていました。なんなら、親友だと。……あなたにその記憶は無いかもしれませんが」

「いいえ」

私もまた、目を細めながら、夢の内容を思い返す。

「白の賢者を夢の中で見ました。今の先生より髪が長かったですけど、先生によく似ていました」

「…………」

「白の賢者は、とても無邪気に魔法学校を作りたいと語っていました。そのために、紅の魔女と黒の魔王の力が必要なんだって。そう力説して。キラキラと、幼ごころを忘れてない顔をして。彼らは、現代に語られるような残忍な大魔術師とは思えないほど、子どものように楽しそうで……」

「……ええ」

「紅の魔女や黒の魔王は、最初こそ、白の賢者の提案を快く思っていなかったみたいですが、次第に協力的になっていきました。その様子は、なんだか気心の知れた友人同士のようで……そう。例えば、ガーネットの９班の班員たちのようでした。お互いに切磋琢磨《せっさたくま》しながら魔法を高め合う、仲間のような……」

先生は私の話を、黙って聞き続けていた。

「何と言うのでしょう。先生を見ていると、なんだかとても懐かしい気持ちになるのです。きっと紅の魔女も、白の賢者のことを、大事な友人だと思っていたのでしょうね」

取り留めのない情報、感情を、語りながら自分の中で整えていた。

そうしてふと辿《たど》り着いたのが、この答えだった。

きっと、紅の魔女も白の賢者のことを、大切な友人だと思っていた。

そうでなければ、あのように笑い合ったり、なんだかんだと協力しようとはしない。

完全に記憶が戻った訳ではないけれど、それだけはわかるのだ。

それに、今なら理解できることもある。

ユリシス先生が、時に私に向けて語りかけてくれた言葉の節々に、紅の魔女に向けて告げた言葉があったこと。

先生は、私が〈紅の魔女〉の生まれ変わりなのだと、いつからかわかっていたのだろう。

「私、先生のように……これからどんどん思い出していくのかな……」

窓辺から、ふわりと風が吹き込む。

その風の匂いすら、何だか懐かしいと思ってしまう。

波のように押しては引く、懐かしいという感情に、胸が締め付けられる。

「聖地に行けば、それが大きなきっかけになるかと思います。僕がそうでしたから。トール君も……きっと全てを思い出すと思います」

小さな不安が燻《くすぶ》っている。

ユリシス先生だけは、私の不安を理解してくれているようだった。

「マキア嬢。あなたは記憶を完全に思い出すことで、自分の人格が紅の魔女の人格に塗り替えられる、と思っているのでは？」

「先生……」

「ですが僕は、あなたとトール君は前世の人格に支配されることなく、今のまま、ゆっくり思い出していくのではないかと思っています。本来、人は変わっていくもの。生まれ変わっても変わらない、僕らの方が異常なのですよ」

先生は語る。

人格形成が未熟な幼い頃に〝帰還〟を果たしてしまうと、人格はその時点で前世のものに支配され、人生は前世の地続きのように感じてしまう、と。

しかし私やトールは、ある程度成長してから、この真実に至った。

この年齢になって大魔術師であった記憶を思い出した者は、前世の人格に支配されることなどないのではないか、と先生は考えているようだった。

私も少しだけ考える。

私とトールは〝地球での人生〟を経由しており、非常に複雑な転生を果たしている。

二つ前の人格に支配されることは、確かに無い気がするのだった。

「きっとそこには彼の思惑も関わっているのでしょうね。前世の人格に支配されることなく、しかし大魔術師としての力を持つ存在を、欲しているのかもしれません」

「彼……」

ユリシス先生の言った〝彼〟とは、きっとカノン将軍のことだろう。

私やトールの魂が、わざわざ地球を経由していたのにも、何か理由があるのだろうか。

いつか、わかるだろうか。彼は語ってくれるだろうか……

「マキア嬢。まだ疲れが残っているようです。少しお休みください」

私が怪訝《けげん》な顔でもしていたからだろうか。ユリシス先生が休むよう勧める。

私は最後に、もう一つ気になっていたことを質問した。

「あの。ルネ・ルスキアは、これからどうなるのですか？」

「ルネ・ルスキア魔法学校は先日の事件の被害もあって、しばらく休校となる見込みです。幸い、長い冬休みに入りますから、その間に復旧工事が終わればいいのですが……まあ、もう少しかかるでしょうね。ドラゴンによる被害が、思いのほか大きいみたいですし」

「私、学校の寮に、エスカ司教から預かった鬼火を置いて来てしまったんです。寮に入ることはできるのでしょうか」

「ああ、それならご安心を。あの鬼火はレピス嬢が保護し、エスカ司教の元に戻りましたから」

「ああ、そうだったのですね。よかった……」

胸をホッと撫《な》で下ろす。

最後までほとんど懐くことが無かったけれど、何かあったらかわいそうだし。

最悪、逃げてくれていればと思っていたのだけれど、エスカ司教の元に戻ったのなら一安心だ。まあ、鬼火にとってエスカ司教の元が安全で平和なのかは置いといて……


「あの、先生」

「何でしょう、マキア嬢」

「先生は、もうルネ・ルスキアの教師ではなくなるのですか？」

「……そうですね。僕も、あの学校から卒業しなければなりません」

その時の、ユリシス先生の表情は、とても寂しげだった。

先生は、紅の魔女と黒の魔王と共に築いたあの学校を、我が子のように大事にしていた。

生まれ変わってもなお、あの場所で私たちを待ち続けてくれていたのだ。

それがこの時やっと理解できて、私は何だか泣きそうだった。

「しかし、いざ戦争が始まったら、ルネ・ルスキアを卒業した生徒たちを、魔法兵や魔法騎士として戦場に送らなければならなくなります。魔法はこのメイデーアという世界において、戦争が起こる度に著しく発展していきました。魔術師たちが、戦場に多く出ているからです。僕はそんなことのために、魔法を教える学校を作ったのではないのに」

「先生」

「僕はこの時代の戦争を回避するため……それが難しいなら戦争による被害を可能な限り

最小限に抑え込むため、学校を離れるのです。教え子たちを、戦場で死なせたりはしない」

ユリシス先生は自身の手をぎゅっと握りしめ、その瞳《ひとみ》は決意の光を灯《とも》している。

ああ、そうか。

先生は〈白の賢者〉の意思だけではなく、ルネ・ルスキアの教師であるユリシス先生として、この学校の生徒たちを守りたいのだ。

後日。

私がベッドの上で起き上がれるようになった頃、私の元には様々な見舞客が訪れた。

「マキア。気分はどうだい」

「ネロ？」

ネロがこの部屋を訪れた時、彼はフレジールの軍服姿だった。

初めて見るネロのその姿に、私はしばらく目をぱちくりとさせて、上から下までじっくり見つめてしまう。

ネロはそんな私の視線をものともせず、スタスタと寄ってくる。

そして、今夜にでもルスキア王国を発《た》つのだと、私に告げたのだった。

「僕はフレジール皇国に戻ることになった。レピスはもう戻っている。トワイライトの魔術を知る者として、早々に帰還命令が出たんだ」

「レピスが？　大怪我《けが》を負っていたのに、大丈夫なの？」

「だから、というのもある。彼女の義肢が受けた損傷は、フレジール皇国でしか直せない」

「い、言われてみると確かに……」

だけど、あのような事件があって、レピスと何の話もできないまま離れ離れになるなんて思わなかった。

結構なショックを受けている私に、ネロは封筒を一つ差し出した。

マキアへ、と書かれたその封筒。

この大胆な文字はレピスの筆跡に間違いない。

「レピスからマキアへ、手紙を渡すように言われていたんだ。本当は、レピスだって君が目覚めるのを待っていたかったと思うよ」

「………………」

私はその封筒を受け取った。

あれほど大変な目に遭ったのに、レピスは休む間も無く動いている。

私が目を覚ますより前にフレジールに戻らなければならないほど、状況は切羽詰まっているのだ。

今ここで、レピスの手紙を読んでしまおうかとも思ったけれど、やめた。

私が号泣でもしたら、ネロを困らせる気がする。ネロも今夜、この国を発つのだから。

じわじわと寂しい気持ちが込み上げる。

ガーネットの9班は、こんな風に慌ただしく、散り散りになっていく……

「しっかしあなた、軍人さんの格好をしていると、まるで別人のようだわ。大人っぽいっていうか……格好いいわねその服」

私はこの寂しい気持ちを紛らわすように、ネロの軍服姿につっこんでみた。

そしてペタペタと軍服姿のネロを触りまくっている。

ネロは無表情のまま私に触られていたが、

「僕のことを、何か聞いたかい？」

「ん？　ああ、エルメデス帝国の王族だったってこと？」

「…………」

「聞いたわ。やっぱり、王子様だったのね」

「やっぱり？」

「私、前にあなたに言ったことがあるわよ。舞踏会でダンスを踊っていた時かしら。あなた本当に庶民の出？　みたいなことを」

「……そういえば、そうだったかもしれない」

「だってあなた、静かにしていたって隠しきれない気品と存在感があったもの。私の目は誤魔化せないわよ」

ネロが眉根《まゆね》を寄せて「そうか？」と小首を傾《かし》げる。そうなのよ。

ただ彼のその表情は、どこか物憂げだった。

「軽蔑《けいべつ》しないかい、僕が敵国の王子であること」

「……え？」

「ルネ・ルスキア魔法学校に理不尽な強襲を仕掛け、甚大な被害を出した国が、僕の祖国だ。帝国はトワイライトの一族の勝手な行動だと言って、しらばっくれているようだが、どの国だって分かっている。帝国は、今にも大きな侵略戦争を始める気なんだ」

無感情な語り方のようで、ネロが密《ひそ》かに目元に力を込め、拳《こぶし》を握りしめたのを、私は見た。

確かにネロは、エルメデス帝国という、今や世界の敵とも言える侵略国家の王子だった。

その身の上が明らかになった今、ネロを快く思わない者たちは確実にいる。特にこの国は、帝国の強襲による被害に遭ったばかりだ。

だけど、

「ネロはネロだわ。私の知っているネロは、賢くて何でも作れちゃって、でも少し天然なところもあって、頼り甲斐《がい》のあるガーネットの9班の班員」

「……マキア」

「同じ年頃の、普通の男の子よ。いや、まあ普通ではないわね、天才だもの。だけど、私にとってネロは、かけがえのない班員で、仲間で、友人よ。敵国の王子だからって、それが覆ることは一つもないわ。そりゃあ、あなたにも色々あったんだなって、想像はしてしまうけれど……」

想像はしてしまう。

話に聞いたネロの生い立ちは、そう生易しいものじゃない。

クーデターによって、家族も、地位も居場所も奪われて。

それなのに帝国の王子の運命を、今もなお背負っている。

常に涼しい顔をしていたネロが、こんなにも重たいものを抱えていたなんて、少し前までの私は知る由もなかった。

「でもね、私だって〈紅の魔女〉の生まれ変わりって話よ。この世界で一番悪い魔女の末《まっ》裔《えい》どころか、当の本人だって言うのだからびっくり。それであなた、私を見る目が変わったかしら？」

今、目の前にいるネロの態度は、今までの私に対するものと何も変わらない。

かける声も、言葉も、視線も。

彼だって、私が〈紅の魔女〉の生まれ変わりであることを、聞かされているだろうに。

だけど、そういうことだ。

たとえお互いの〝真実〟が暴かれても、何も変わらないから、私たちはそれだけの絆《きずな》を
この一年で築いていたのだとわかるのだ。

ネロの表情も少しだけ解《ほぐ》れて、優しいものに変わった。

それでやっと、彼が少し緊張していたということに気がついた。

「そうだね。マキアはマキアだ。君が君のままで、よかったよ」

「そうでしょう、そうでしょう」

「でも、君が許してくれていたとしても、僕はもうここには居られない。もともと一年間
だけの任務だったんだ」

任務……

「それは、何の任務だったの？」

「君やフレイと出会うこと」

「…………」

「レピスと僕は、あまり面識は無かったけれど知り合い同士だったんだ。お互いの任務の
内容は知らされていなかったから、彼女の反応を探る為《ため》に、あえてトワイライトの一族が
〈黒の魔王〉の末裔であるという話題を、僕から出したことがある」

「ああ、そういえば」

トワイライトの一族が〈黒の魔王〉の末裔であることを知ったのは、薬草探しの校外授業で、ネロがその話題を出したから、だった。

それが無ければ、レピスは自身が〈黒の魔王〉の末裔であることを、ずっと隠し続けたかもしれない。

今思えば、レピスはご先祖様の生まれ変わりであるトールに、その魔法を教えていたのね……

「きっとレピスには、トール・ビグレイツへの魔術指導の他に、僕のお目付役という任務もあったんだろう」

「……そっか」

レピスもフレジールの女王陛下の命令で、このルネ・ルスキア魔法学校へやってきたと言っていた。

そっか。二人は、何もかも最初から知っていたんだ……

「でもね、マキア。これだけは言っておきたい。様々な思惑が裏で働いていたとしても、ガーネットの9班を作ったのは、確かに君だ」

「ネロ……？」

「君が僕たちを選んだ。そして僕たちも、君を選んだ。僕たちが過ごした一年間は、仕組まれていたことなんかじゃない。そこには純粋な友情があって、青春があった。それは、僕には本来、手に入れられないような、眩《まぶ》しいものだった」

私はゆっくりと目を見開いた。

ネロは僅《わず》かに眉《まゆ》を寄せ、小さく微笑《ほほえ》んでいた。

「僕は毎日がとても楽しかったんだ。自分が思っていた以上に、君たちが大事だった。君たちは、僕にとって初めて友人と呼べる者たちだった。マキアが引っ張ってくれなければ、きっと、僕らはここまで学園生活を謳歌《おうか》し、絆を育《はぐく》むことは出来なかったと思うんだ」

「ネロ……」

そしてネロは、私に向かって手を差し伸べた。

「君のことを、心から尊敬しているよ、マキア。本当にありがとう」

ネロの言葉に、グッと胸が締め付けられた。

かつて、あのガラス瓶のアトリエで、ネロを班員に誘った日のことを思い出す。

あの日、確かに私は彼を見つけ、そして友人になろうと言って、手を差し伸べたのだ。

「あなたに、そんな風に言ってもらえるとは思わなかったわ。私もね、この一年間とても楽しかった。ガーネットの９班が、あなたのことが、大好きよ、ネロ」

そして、ネロの手を握り締める。

泣くまいと思っていたのに、私は泣き虫なのでやっぱり泣いてしまう。

私たちは確かに純粋な友情を育んだ。

それぞれが重たい過去と、事情と、運命を背負っていてもなお、普通の学生のように学園生活を満喫し、気がつけばガーネットの9班とは、誰にとっても大事な居場所になっていた。

この先、何があっても青春の日々が色褪《いろあ》せることはない。

それはきっと、今後の私たちを支える力となるだろう。

「また、会えるわよね」

「君がフレジールに来るのであれば、きっとすぐに会えるよ。あの国で待ってる」

そして私たちは手を離す。

ネロはくるりと背を向けて、迷いのない足取りで私の部屋を出ていった。

その背はいつものネロのものと違い、大きな覚悟をした大人のものに思えた。

格好のせいもあるけれど、ルネ・ルスキアの学生だった頃のネロとは、佇《たたず》まいがまるで違う。

ネロはもう、次のステージを見据えているのだ。

親愛なるマキアへ

マキアがこの手紙を読む頃、私はもう、このルスキア王国にはいないでしょう。

許してくださいね。

何も告げずに去ってしまったことを。

あんなにも必死に、私を助けに来てくれた優しい仲間たちに感謝しています。

私はみんなに、自分の口から多くのことを語らねばならないとわかっているのに、それができないまま、罪深きトワイライトの一族としてフレジールに戻ります。

マキアもきっと、多くの真実を知って混乱していることでしょう。そんなマキアの側にいられないことが、何より悔しいです。

マキアと初めて会った日のことをよく覚えています。

私は大きな任務と決意を胸に秘めて、あの学校の、女子寮の部屋にいたのでした。

窓を開け、ずっと昔に置いてきた故郷と、同胞を思い出しながら、平和な王国の空を見上げていました。

そんな時、マキア、あなたが現れたのです。

あなたのことは最初から知っていましたし、私とあなたが同室だったのは、おそらく仕組まれていたことでした。

黒の魔王の末裔。

そして紅の魔女の末裔。

私たちの先祖の魔法が、今後の戦争の鍵となると予想した者たちによって、仕組まれ、私たちはお互いに出会うべくして出会ったのでした。

ですが、マキア。

あの日、何も知らなかったあなたが、私の苦痛を拭《ぬぐ》い取ってくれたこと。

私の義肢を見ても、素直で真っ直《す》ぐなあなたのまま、手を差し伸べて私の友人になってくれたこと。

本当に心から嬉《うれ》しかったのです。

太陽のように眩しいあなたの笑顔と、勇気をくれる明るい声、運命を切り開いて行くような前向きな行動に、いつの間にか私は感化され、あなたから目を逸《そ》らせなくなりました。

それは、私と似た境遇の、紅の魔女の末裔だからではありません。

おそらくあなたが、私を黒の魔王の末裔、などという肩書きで見ていないのと同じように、私もまた、あなたが紅の魔女の末裔であることを、普段は忘れているのでした。

それだけマキアは、マキアというだけで、魅力的だったのです。

あなたが側にいてくれるだけで、私は自分の復讐《ふくしゅう》や憎しみを忘れ、マキアの親友であるただ一人のレピスでいられたのです。

どうか、忘れないでください。

いつか、マキアが辛《つら》くてどうしようもない時、私が必ずあなたを助けます。

私を取り巻く全ての使命を投げ捨ててでも、あなたの味方になります。


憎しみに飲み込まれそうだった私が、一人ではないことを教えてくれてありがとう。

心を救ってくれてありがとう。

友人になってくれてありがとう。

あなたのことが大好きで、あなたのことを全身全霊で信じています。

次に会う日まで、どうかお元気で。

マキアの親友　レピス・トワイライト

「…………」


封筒を開く前から予感していたけれど、やはり、涙が止めどない。

レピスはどんな気持ちでこの手紙を書いてくれたのだろう。

あまり感情を口に出すことのなかったあの子が、こんなにも多くの想いを込めて、私に手紙を書いてくれたこと。

それがとても嬉しい。

そして、親愛に感謝する。

先日まで、側にいることが当たり前で、気づかなかったものがたくさんある。

奇《く》しくも、命を落としかけた大事件がきっかけで、私はガーネットの9班の仲間たちの友情と、愛情。内に秘めた想いを知ることになった。

あなたたちがいるから、私はただのマキア・オディリールでいられる。

ネロ、レピス……

そして、

「おーい、班長〜」

レピスの手紙を読みながら涙をダバダバ流し、鼻水をチーンとかんでいた時、私の部屋に訪れたのはフレイだった。

フレイは何だかふてくされたような顔をして、この病室にあるソファにドカッと座り込んだのだ。そして目ざとく手紙に気がつく。

「それ。レピス嬢の手紙か？」

「え、あ……うん。フレイにも？」

「まあな」

そしてフレイが見せてくれた紙切れが一枚。そこには逞《たくま》しいレピスの文字で、フレイさん、おそらくお世話になりました。

ほどほどにお元気で。マキアに手を出したら殺す。


と書かれてある。

相変わらずフレィには手厳しいレピス。

私は苦笑いしながら、自分の手紙を封筒に仕舞った。

「で、どうしたのよフレィ。ふてくされたような顔しちゃって。レピスの手紙が不服なの？　それともまたギルバート王子と喧嘩《けんか》でもした？」

「ちげーよ。ただ、なんつーか、はあ」

はああ〜と何度もため息をつくフレィ。

何なんだ、いったい。

「だって、みんな、いなくなっちまうんだろ」

「…………」

「俺だけルスキア王国に置いてけぼりだ。レピス嬢もネロの奴も、みんなフレジールに帰っちまった。しかも班長までもうすぐフレジールに行っちまうんだから、俺はこの先、どうしたらいいんだよ」

ソファの背もたれに頭を乗せて、天井を見つめたまま、フレイはボソボソと文句を垂れている。

「あなた、もしかして寂しいの」

「寂しいよ」

フレイは素直だった。

素直すぎて、だからこそ、本当に彼が寂しがっているのだとわかる。

フレイもネロと同じように、ガーネットの9班を拠《よ》り所《どころ》としていたのだ。

私は、どうフレイに言葉をかけていいか少し迷った。

だけど、私には一つ、確信もあったのだった。

「あなただってこの国の王子なのよ。いつかフレジールに派遣されることだってあるでしょうし、その道を歩んでいたら、私たちの運命は必ずまた交差するわ。ネロやレピスに、もう二度と会えないなんてことは、無いわよ」

フレイは天井を見上げたまま、黙って私の話を聞いていた。

「さっき、ネロが言っていたわ。ネロは私やあなたと出会うために、ルスキア王国に来たのよ。その言葉の意味、あなたもちゃんとわかっているわよね」

「……ああ」

そしてボソッと、返事をした。

フレイだけは何も変わってないように思っていたが、フレイはフレイなりに、自覚しているようだった。

これから自分に、何ができるのか。何をすべきなのか。

「ねえ、フレイ。あなたとネロは、大国の王子同士だったわ。その絆《きずな》は、きっと未来を変える。私はそんな気がするの。だからフレイ、あなたはそのための道を歩む覚悟をしなさいね。私ももう、逃げずに自分の……運命と向き合うから」

「……班長」

「一緒に、鐘を鳴らし続けましょう。あえて私が、そう言っとくわ」

それはアリシア王女の言葉だったが、今のフレイにこそ必要な言葉だと思った。

フレイはじっと私を見ていたが、再び黙って、ただこの場所に留《とど》まり続けている。

安心できる場所で、存分に葛藤《かっとう》しているのだ。

だから私も彼を追い出したりはしなかった。暇なので髪を三つ編みにしたりはしていたけれど。

「なあ班長。班長は、すぐこの国に戻って来るんだよな？」

不意に、フレイが尋ねる。

「ん？　んー、確かギルバート王子が、半年くらいって言ってたかしら。まあフレジールにいる間に開戦なんてことになったら、どうか分からないけれど」

すでに戦いの火蓋《ひぶた》は切られている。

先日の、帝国による学校の奇襲は、平和だったルスキア王国に大きな衝撃を与え、世界各国に危機感を抱かせた。

帝国は、あの一件をトワイライトの一族の独断的行動だと言っているらしいが、そんなはずはないことを誰もがわかっている。

いつ本格的な戦争が始まってもおかしくないのだ。

「だったらさ、だったらさ、その……」

私が深刻な表情をしてあれこれ考えを巡らせている一方で、フレイはなぜか、もじもじそわそわしている。

「班長って、お妃業《きさき》に興味ある？」

「はい？　お妃業⁉」

なんだ、その唐突すぎる質問は。

何かを聞き間違ったのかと思い、私は耳に手を当てていた。

フレイは相変わらずもじもじそわそわしている。

「実は、実はな。帝国への警戒心が近隣諸国でマックスになったみたいで、同盟国の王族から俺にもヤベーくらい縁談話が来るようになった訳よ。今までもあったけど、その比じゃねえくらいの数なんだ。しかも兄上たちは真剣に俺の相手を選ぼうとしている。あれは一体何なんだ？　そりゃあ、政略結婚しなきゃいけねぇ身分だってのは重々承知だ。だけど全く知らねぇ女と結婚なんかしたくねぇ。それで俺は考えた。一応貴族である班長なら、国王や兄上たちも認めてくれるんじゃないかと」

「……あ、あなた」

「班長くらい、俺のことをわかってくれていて、俺のダメなところも受け入れてくれて、面倒見が良くてケツ叩《たた》いてくれる女じゃねーと、俺はダメな気がするんだ！」

「………………」

「頼むよおおおお、俺の妃になってくれよおおおおおお、班長おおおおおお」

ダメだこいつ。

寂しさと不安と心細さのあまりパニックになり、いよいよ私を妃にしたいなどと言い出した。

年上好きの恋多き男だったくせに、私のことなんて好みじゃないと常々言っていたくせに、この局面で恋より安心感を選ぼうとしている……

王子様のこんなプロポーズがあっていいのだろうか？　いやあってはならない。

私はドン引き。

「フレイ、貴様、こんなところに居たのか！」

バタンと扉が開いて、いきなり長髪の王子が現れた。

「げっ！」

「貴様っ、嫌なことがあるとすぐ逃げ出す癖をどうにかしろ！　更には病み上がりのマキア・オディリールに縋《すが》っているとは、なんたる腑抜《ふぬ》け！」

憤慨したギルバート王子だった。

目の下のクマが凄《すご》いので、あの騒動からずっと寝ずに国のために働いているのだろう。

フレイを叱りたくなる気持ちもわかる。

「フレイ、貴様にはこれからやってもらわなければならないことが山ほどある。ルスキア王国の王子としてな。遅れを取っている帝王学をその体に叩き込まねば……」

「ぎゃああ、やめろ、やめろよおおお。俺はまだお気楽な学生でいたいんだよおおお！」

騒がしいフレイが、ギルバート王子に引っ張られ、部屋から連れ出されそうになっている。それをフレイが、【地】の申し子の力を無駄に駆使して、地べたに張り付いている。

ギルバート王子はそんなフレイを引いたり押したりしながら、ベッドの上の私にも声をかけた。

「マキア・オディリール。騒々しくて面目無い。もう体の方はいいのか」

「あ、はい。おかげ様で」

「そうか。……先日は大儀であったな。養生しろ」

あのギルバート王子が私に労《ねぎら》いの言葉をかけてくださるなんて……

私たちの関係も、当初のギスギスしたものから、随分と変わったなあ。

「その。アイリも、君をとても心配している」

「え？」

「君が嫌でなければ、話をしてやってほしい」

ふわりと、開けっ放しの出入口の扉から風が吹き込む。

その端から、よく知っている栗色《くりいろ》の髪と、学生服がチラチラと見えていた。

ギルバート王子の奮闘によってフレイがこの部屋より連れ出され、辺りが静かになった頃、私は出入口の外側にずっと立っているアイリに声をかけた。

「アイリ、いるんでしょう？」

「…………」

「こっちに来ない？」

アイリは黙って、姿を現した。

手にバスケットを持っているようだ。

彼女は部屋に入ると、扉を閉めて、私のいるベッドの脇に立つ。

「マキア」

「……アイリ」

私たちはお互いに見つめ合い、名前を呼び合う。

そしてまた沈黙が続く。

アイリは何かを言いたげだったが、なかなか言葉が出てこないみたいだった。

なので、私から話しかける。

「学校の生徒たちを、アイリの魔法が守ってくれたと聞いたわ。ありがとうアイリ。私の友人たちを守ってくれて」

「……あ……っ」

するとアイリはビクリと体を震わせて、その目にじわじわと涙を溜《た》めていく。

「ごめん……ごめんなさい……マキア」

「アイリ？」

「ごめんなさい。小田《おだ》さん……っ」

「…………」

彼女の持つバスケットから、チラッとおにぎりらしきものが見える。

驚いた。そして私は理解した。

アイリが私のことを小田一華《かずは》であると、認めてくれているんだって。

アイリはずっと泣いていた。ずっとずっと泣いていた。

それ以上、言葉が出てこないようだったので、私は一つ提案をする。

「ねえアイリ、外に行かない？　王宮って屋上無いの？」

「屋上……？」

アイリはすんと洟《はな》をすすった。

「あるよ。うん、行こう。でも動いて大丈夫なの？」

「別に大怪我《けが》した訳じゃないもの。そろそろ体を動かしたいし、せっかく天気がいいからね。今日は暖かいし」

私はベッドから降りる。

久々に歩くからか、少しふらついたが、すぐにアイリが支えてくれた。

アイリは随分と心配そうにしていた。

その視線からは、以前のような敵意は感じられない。

今のアイリと隣り合っていると、何だか「田中《たなか》さん」と「小田さん」だった頃の、懐かしい感じがするのだった。

王宮の屋上は、かつて通っていた高校の屋上より高い。

だけど青い空だけは、どんな世界も同じだ。

高校のブレザーを着たアイリがそこにいると、あの頃と同じように、私もまた日本の高校生だった小田一華なんじゃないかというような、錯覚に陥る。

もちろん私は、ルスキア王国に住む、マキア・オディリールな訳だけど。

屋上の椅子に座り込んで、私たちはアイリが持って来てくれたバスケットを開けた。

「もしかして、ツナマヨのおにぎり？」

「……うん」

「凄いわ、海苔《のり》まで巻いてある！　いくら探しても海苔だけは見つからなかったのよ。いったいどこで手に入れたの？」

私はキラキラした瞳《ひとみ》で、海苔を巻いたツナマヨおにぎりを掲げる。

「ギルに無理を言って、東の国のお店から取り寄せてもらったんだ。でも王宮の人たちに食べさせたら、みんな奇妙な顔をしてたよ」

「あはは、そうでしょうねえ。うちの班員たちも、きっとそうだと思うわ。梅干しも無理みたいだったし」

「そうなの？　やっぱり食べ慣れてないとダメなのかな」

「あ、だけどね、ツナマヨのおにぎりは受け入れやすいみたいよ。班員たちも好きだった」

そして私は、大きな口を開けてツナマヨおにぎりを頬張る。

久々の海苔の味に、感動すら覚えながら。

「ああ〜っ、美味《おい》しい！　やっぱり海苔は大切ね。おにぎりには海苔。今日確信したわ」

「……ツナマヨのおにぎりは、あたしと小田さんの、大好きなおにぎりだったね」

「そうそう。それで斎藤《さいとう》だけ、梅干しおにぎりが好きで……」

そこまで言って、ハッとする。

アイリは私と同じく、斎藤のことが好きだったから。

「ねえ、マキア」

だけどアイリは、落ち着いた口調で私に問いかける。

「トールは、斎藤君なんでしょ？」

「…………」

私は顔を上げる。

瞬《まばた》きもできないまま、おそらくとても、とても驚いた顔で彼女を見ていた。

だって、それは……

それは、私以外、誰も知らなかったこと。

「あたし、王宮を抜け出して魔法学校のアトリエに行ったことがあるの。ネロ君に聞いたでしょ？　あの時、マキアが作ったっていう梅干しを食べて、それで気がついたの」

アイリは青い空を見上げて語る。

「ああ、そっか。小田さんは今も、斎藤君が好きなんだって」

その時のアイリの表情は、どこか凛《りん》として見えた。

「アイリ、あなた……」

「ごめんね、マキア」

アイリはなぜか、私に謝る。

「あたし、謝らないといけないことがたくさんあるの。マキアに。小田さんに」

それは、私を悪い魔女だと思っていたことだろうか。

それとも、私が小田一華の生まれ変わりだと、気づけなかったことだろうか。

「あたし、あたしは斎藤君のことが、好きだった訳じゃないんだよ」

「え……？」

「あたしが好きだったのは、恋をしたのは、小田さんだった。ごめんね。斎藤君に小田さんを取られたら、あたし、一人になると思ったの。それで……二人をくっつけるのがあたしなら、あたしはいつまでも、二人の側にいられると思った」

「…………」

「なのに、あんなことになっちゃった。あたしのお節介のせいで。二人を殺したのは、あたしのようなものだ……っ」

アイリは声を震わせ、涙ぐみながら、赤裸々に語る。

おそらくずっと、隠し続けていた想《おも》いと、罪悪感を。

「アイリ……」

私と斎藤が死んだのは、アイリのせいではない。

私たち二人が死ぬことは、例えばあの瞬間でなくとも、きっと決まっていたことだった。

メイデーアの真実を知った今だからこそ、私はそう思う。

アイリだってそのことは聞いているはず。

だけど、そうじゃない。アイリが自分のせいだと思っている自責の念は、もしかしたら、その恋心に対する後ろめたさにあったのかもしれない。

何も知らなかったのは私の方だ。

アイリの本当の想いを何も知らずに、私は……

「ありがとう、アイリ」

「え……？」

私はアイリの謝罪を否定するのではなく、ただただ、真っ先に、感謝した。

「あなただけが、トールの中の斎藤に、気がついてくれた」

「…………」

本人ですら、まだ知らない。私も言うつもりはない。

一つ前の、彼の姿を。

そう。誰も知らないはずだったトールの一つ前の前世に、アイリだけは気が付いてくれた。斎藤を見つけてくれた。

「アイリ。私、時々ね……あの世界が本当にあったのか、わからなくなる時があるの。今となっては、地球の日本なんて、まるで夢か幻かのように遠い。だけどあの世界は確かに存在していて、あの場所には、確かに小田一華がいた。斎藤がいた。あの時代の私の恋は、人生は、確かにそこにあったんだって……アイリがメイデーアにきてくれたから、私はそれを信じられるのよ」

地球での日々が本物だったと信じられるのは、田中さんが、アイリがここにいるからだ。

アイリが小田一華と斎藤徹《とおる》の存在を、絶対的に肯定しているからだ。

そうでなければ、あの時代の出来事は、今後ますます色褪《いろあ》せていくだろう。

だって、地球での人生は、まるで中継地点のようだ。

この世界にとって重要なのは〝紅の魔女〟の記憶の方で、今の時代の目まぐるしい日々に押し込められて、地球の記憶は、どんどん片隅に追いやられていくと思うのだ。

だけど、アイリがここにいてくれるから、私はその時代を忘れないでいられる。

これから先も、ずっと。

「ねえ、どうしてアイリはこの世界に来たの？」

私は改めてアイリに尋ねた。

「……恥ずかしい話、逃げてきたんだよ。現実から」

アイリは膝《ひざ》のスカートをギュッと握りしめ、俯《うつむ》いた。

そしてポツリポツリと語る。私と斎藤が殺された後、何があったのか。

あの事件は、人々に衝撃を与え、世間を随分と騒がせたらしい。

無理もない。学校で起こった不可解な殺人事件だ。

唯一生き残ったアイリには取材が殺到したというし、解決しようのない事件だったから、あらぬ噂《うわさ》も流されたのだとか。

私はアイリの、そのような苦労を知らなかった。

あの後のことなんて、ほとんど考えたことも無かった。

「あたしはもう、小田さんのいない世界に耐えられそうになかった。あたしは弱いから、たった一人で、あんな世界で生きていける気なんてしなかった。だから、助けてって、何度も叫んだの」

助けて。助けて。助けて。

叫んだら、あの金髪の男が側に立っていたという。

そしてこのメイデーアの救世主に選ばれたのだ。

違う世界に行きたいか、と問いかけられて……

「でも、この世界に来ても、結局あたしはあたしのまま。弱いままだった。救世主なんて呼ばれて、選ばれた存在なんだと思い込んで、粋《いき》がって、強がって。ここは自分の思い描いた物語の世界で、何だって、誰だって、あたしの願った通りに動くんだって思ってた。嫌いな人がいなくて、でも都合のいい人間だけはいて……そういう、作り物の世界だって思い込むことで、今もまだ自分の殻に閉じこもってた」

アイリの声が、徐々に熱を帯び大きくなっていく。

「マキアのことも悪い魔女だって決めつけて、敵視した。正義の味方は、倒すべき悪役がいないと存在しないから。わざとそういう存在を作り上げようとしたんだよ。マキアはあの世界で一番好きな女の子だったのに。大事な親友だったのに……っ」

「……アイリ」

「あたし馬鹿だね。嫌な子だね。異世界に来たってこれじゃあ、救いようがないよ」

しかしアイリは、私が何かを言うより先に、スッと顔をあげた。

「だけど、うじうじするのもこれでおしまい。最初は間違いだらけだったけど、この世界に来てよかった。だってまた小田さんと斎藤君に会えたから。マキアとトールに会えたから。あたしはやっと、これから何をすべきかわかった気がするんだ」

その瞳は潤んでいたが、澄んでいる。

蒼《あお》い空を前に、彼女はどこまでも前を向いていた。

「あたし、マキアとトールが生きていくこの世界を、守るよ」

この瞬間が、救世主アイリの、本当の始まりだった。

アイリのこの決意が、メイデーアの運命に大きな影響を与えることになると、のちに私たちは思い知る。

だけどこの時の私は、ただただアイリの言葉や気持ちが嬉《うれ》しくて、心を酷《ひど》く揺り動かされたのだった。

アイリは、私たちに小田一華と斎藤徹の面影を重ねながらも、マキアとトールを認めてくれている。今の私たちを、ちゃんと見てくれている。

だから私も願うのだ。

あちらの世界で一人だけ生き残り、きっと多くの辛《つら》い目にあったアイリが、この世界で居場所を、大切な人を見つけられますように。

「アイリ。もう一度、私に会いに来てくれてありがとう」

きっとこれは、あなたが皆を幸せにする物語。

私とあなたの〝救い〟の物語を、もう一度ここから始めましょう。

第六話　恋する魔女と騎士

「お嬢、お嬢、起きてください。今日は塩の森に行くんでしょ」

「んー、あと少し」

「どうしたんです、お嬢。実家だからってダラダラしすぎです」

「実家ってそういうもんでしょ～」

「……全く。学校生活では、随分としっかりした印象でしたのに」

「学校は学校。うちはうちよ」

私はゴロンと寝返りを打ち、ベッドの上でトールに背を向けた。

トールの呆《あき》れたため息が聞こえる。

そう。私は今、デリアフィールドに戻っている。

フレジールに行く前に、一週間ほど休暇を頂いた。トールと共にデリアフィールドに戻る時間を、ユリシス先生が作ってくれたのだった。

ルネ・ルスキア魔法学校はしばらく休校となり、復興作業が急がれている。

もともと長期休暇直前で、終業式をしていたところだった。

結局ガーネットの特待生は、首席教科を二つ取っていたネロ・パッヘルベルで決定だった訳だけど、当のネロはすでにルネ・ルスキアを離れており、おそらく今後、あの学び舎《まなや》に戻ってくることは無いだろう。

あの事件は、ルスキア王国の国民や、近隣諸国を震撼《しんかん》させ、大きな衝撃を与えることとなった。

ルスキア王国とは、もともとフレジール皇国という強い軍事力を誇る同盟大国に守られ、平和を謳歌《おうか》していた国だった。

ここ百年は他国との戦争などなく、国民ものんびりした性格だった為《ため》、戦争とは遠い世界の、自分たちとは関係のないものだという意識が強かったのだ。

だが、エルメデス帝国の脅威というものをまざまざと見せつけられ、誰もが思ったことだろう。

今のままでいいのだろうか。

いざ戦争が始まった時、この国はどれほど戦えるのだろうか。

いったい誰が戦うというのだろうか。

特にルネ・ルスキア魔法学校に我が子を預けていた、生徒の親は生きた心地がしなかっただろう。

ユリシス先生が指示した、避難優先の対応が的確であったため、生徒に死者は一人もいなかったが、教師には数名死者が出てしまった。

メディテの叔父《おじ》様は無事だったけれど、しばらく療養が必要なほど疲弊していたし、死者の中には授業でお世話になった先生もいた。

生徒たちの心の傷は、とても大きい。

おそらくこのまま、ルネ・ルスキア魔法学校を退学する生徒が続出するだろう。そのように言われている。

「…………」

だけど、こんなのは序の口だ。

本当の戦争が始まったら、失うものは数えきれない程になる。

ユリシス先生も言っていた。戦争が始まったら、ルネ・ルスキアを卒業した生徒たちを、魔法兵や魔法騎士として戦場に送らなければならなくなる。

魔法はこのメイデーアという世界において、戦争が起こる度に著しく発展していった。

だけどそんなことのために、魔法を教える学校を作ったのではないのに、と。

「トール。ビグレイツ家の方に挨拶《あいさつ》をしに行かなくていいのかい？」

朝食の席で、お父様がトールに尋ねていた。

トールは書類上、ビグレイツ家の養子ということになっている。

「王城へ戻る前に、少し立ち寄る事になっています。とはいえビグレイツ卿《きょう》は王都にいることの方が多いので、よく食事に誘って頂いておりました」

「はっはっは。彼は君の働きをとても評価している。私は何度もその話を聞いたとも。その度に私は嫉妬《しっと》したね。君を見つけたのは我がオディリール家だというのに」

お父様は笑いながら言っていたけれど、嫉妬というのは本当だろうな。

私もスミルダがトールのことをお兄様と呼ぶたびに嫉妬で狂いそうだったから。

トールは少し困ったような顔をして笑っていた。

「……ですが、俺にはビグレイツ卿の願いを叶《かな》えて差し上げる事はできませんでした。スミルダ嬢を第一王子の正妃にと言うのは、もう難しいでしょうから」

「ああ、そうだね。とはいえ私は、スミルダ嬢のためにこれでよかったのではないかと思っているよ。この先、正妃という立場が幸せかどうか……」

そう。トールが公爵家であるビグレイツ家の養子となって、その後ろ盾を持って守護者となったのは、主にビグレイツ卿の野望が絡んでいた。

彼は自分の娘であるスミルダをこの国の第一王子に嫁がせて、正妃にすることが夢だったのだけれど、結局我が国の第一王子は、同盟国であるフレジール皇国の第二王女様と婚約することになったので、その野望は潰《つい》えた形だ。

あの腹黒太っ腹おじさん、大いにがっかりしたでしょうね。しかし状況も状況だ。

そもそも、絵に描いたようなわがままお嬢様であるスミルダが、重責の正妃になる姿が想像つかない……

「しかしトール、お前は本当に立派な騎士になったたな。我が家に戻って来た時は見違えたとも。昔はゴボウのように細かったのに」

「全ては旦那《だんな》様と、ビグレイツ卿、王国騎士団のご指導の賜物《たまもの》です」

「そう謙遜《けんそん》するな、トール。お前は昔から、自分の才能を鼻にかけないな」

お父様は朝からやけに上機嫌だ。

トールがこの家に戻ってきたことが嬉しくて堪《たま》らないのだろう。

お父様はトールを本当の息子のように可愛《かわい》がっていたからなあ。

「さあ、たんとお食べなさい。マキアがトールを連れて帰ってきたので、私、張り切って朝から作りすぎちゃったもの」

「はい、奥様。奥様のお料理は昔と変わらずとても美味《おい》しいです」

「まあトール。いい男に育っただけでなく、お世辞まで上手になっちゃって。うふふ」

お母様もトールにメロメロだ。

ただ、お母様が時折寂しそうな顔をしていることに、私は気が付いていた。

これから私とトールが向かう場所、使命を、憂えているのかもしれない。

両親は私とトールが〈紅《くれない》の魔女〉と〈黒の魔王〉の生まれ変わりである事を知らされていない。ただ、救世主の守護者としてフレジール皇国に赴くのだと思っている。

そもそも、その事実を知るものは、王宮内でもごく僅《わず》かだ。

ユリシス先生もそうなのだが、大魔術師の魂を宿す器というのは、国家最大の切り札である。

ルスキア王国には、ユリシス先生、トール、そして私。

フレジール皇国には、シャトマ女王陛下、エスカ司教猊下《げいか》、そしてカノン将軍閣下。

エルメデス帝国には、青の道化師……

もっとも、エルメデス帝国には他に数人、大魔術師《ロード》クラスに並び立つ人間がいるだろうと言われているし、あの国にはトワイライトの一族とその技術があり、何より凶悪な魔物の兵士がいる。

シャトマ女王が言っていた。

十人の大魔術師が、今世は出揃《でそろ》うと予言されている。

そして、十人という限りある数字が、どのように世界各国に散っているのか、それをどの国も知りたがっている、と。

「ところでトール。マキアと君は、この先どういった関係を望んでいるんだい？」

「え……？」

「ぶっ」

トールはきょとんとし、私は飲んでいたお茶を吹き出した。

「まあま、マキア、はしたないわ」

お母様が布巾《ふきん》でテーブルを拭《ふ》く。私も自分の口をナプキンで拭《ぬぐ》う。

「お、お父様がトールに変なことを聞くからよ！」

「だって、二人は恋人同士なんだろう？」

「え⁇」

いったいいつそんな話に？

私がトールへの思いを告げたことだって、私とトールしか知らないはず。

「救世主様だって、守護者の恋愛や結婚をお許しになったと聞いたわ」

「ビグレイツ卿だってきっとお許しになる。私がなんとかするとも」

「そうよ。お父様が万事解決してくださるわ。いっそ、こちらで婚約までしていったら？」

「ちょ、ちょっと待って、二人とも」

もともと両親には、トールをオディリール家の婿養子にしたいという思惑があった。

なので、トールと私をくっつけたい一心で、両親が先走ってこのような提案をしているのだった。

「勝手に話を進めて、トールの外堀を埋めようとしないでちょうだい！　トールはやっと自由になったのよ。ほら見なさい、トールが困惑しているわ」

「俺は別に構いませんよ」

「ち、ちょっとトール～ッ！　何、満面の笑みで了承してるの！」

トールったら、数年前に婿養子の話が出た時は、あんなに必死になって拒否してたくせに。このままではトールが両親に絆《ほだ》されて、婿養子の話を受け入れかねない！

私は食卓を両掌《てのひら》で叩《たた》くようにして、ダイナミックに立ち上がる。

「トール、今すぐ塩の森に行くわよ！」

「はい、お嬢」

両親のプレッシャーから逃れるためだったが、結局は二人仲良く外出するということなので、両親は「いってらっしゃーい」と、笑顔で送り出すのだった。

かつてトールがこの家を出ていった後の、私の落胆っぷりを、父も母も知っている。

だからこそ、私たちが二人揃《そろ》っているだけで、ただただ幼い日々を思い出し、懐かしく微笑《ほほえ》ましい気持ちになっているのかもしれない。

○

あれは、私とトールがデリアフィールドに戻る直前だったか。

アイリが守護者を集めて、こう告げたのだ。

『あなたたちは救世主の守護者だけど、あたし《あたし》を第一に想《おも》わなくていいからね。あなたたちの心は自由だよ。ずっと縛り付けていて、ごめんね』

守護者は誰もが、酷《ひど》く驚いていた。

『あたし、あなたたちと対等になりたいの。仲間としてお互いを大切にしたい。好きな人がいてもいいし、結婚だってしていい。あたしより大切な人がいるのは、当然の権利だよ』

アイリの真摯《しんし》な言葉を、誰も否定したり止めたりしなかった。

それだけアイリが、自分の言葉で自分の思いを伝えているのだと、守護者の誰もが感じ取っていたのだった。

アイリは変わった。

この世界にやってきて、この世界に住む一人一人の人間に命があり、感情があり、大切な人がいることを知った。そして自身の大切なものを思い出した。

目をそらし続けた現実と向き合い、挫折《ざせつ》を乗り越え、真の救世主へと成長したのだ。

守護者の誰もが、この時のアイリを眩《まぶ》しく思った。

そして、義務ではなく心から。

これからの彼女を支えなければと、胸の紋章に誓ったのだった。

○

さて。久しぶりにやってきた、デリアフィールドの塩の森。

ここは相変わらず静かで、ひんやりとしている。

白い植物や白い鉱物の広がる不思議なこの森には、五百年前、この世界で一番悪い魔女と称《たた》えられた〈紅の魔女〉が住んでいたという。

「マキア！　やっと来てくれたね」

その紅の魔女の家に住まうお祖母様《ばあ》は、一年ぶりにデリアフィールドに戻ってきた私をギュッと抱きしめた。私もまた、お祖母様を抱きしめ返す。

「会いたかったわ、お祖母様！」

「あたしもさ。ルネ・ルスキアの事件の話を聞いた時、あたしは生きた心地がしなかったよ。お前は敵兵と戦って負傷したというし」

もはや私とお祖母様はそう変わらない背丈であり、幼い頃のような包み込む抱きしめ方とは違うけれど、それでもお祖母様にとって私はまだまだ小さな孫娘なのだろう。心配や愛情はひしひしと伝わってくる。

「もう体は大丈夫なのかい？」

「ええ、私は平気よ」

お祖母様は次に、私の後ろに控えていたトールを見た。

「小僧……というにはもうすっかり男らしく逞《たくま》しくなったじゃないか。公爵家の身分と言っても、あたしはお前に畏《かしこま》ったりしないよ」

「ご無沙汰《ぶさた》しております大奥様。勿論《もちろん》、望むところです」

トールはかつての使用人時代のように、胸に手を当ててお祖母様を大奥様と呼ぶ。

「ささ、お上がり。お前たちが来ると聞いていたから、朝から張り切って準備していたんだよ」

朝食をたっぷり食べた後だったが、お祖母様の焼き菓子のいい匂いを嗅《か》ぐと、それは別腹だと思ったりする。

お茶をしながら、私はこの一年間の話をお祖母様にした。

学校でのこと。寮でのこと。

班員を集めて、仲間たちと力を合わせて結果を出したこと。

紅の魔女に仕えていた精霊、ポポロアクタスとドンタナテスを紹介すると、お祖母様はとても喜んでいた。

「紅の魔女の精霊はドワーフハムスターだったのではないか、という説は昨今の紅の魔女研究家の間では有名でね。世間的にそんなイメージは無かったみたいだけど、紅の魔女はこの森に住んでいた野生のドワーフハムスターを大層可愛がっていたらしいから」

「へえええ。じゃあ、ポポ太郎とドン助はこの森出身だったのね」

「そういうことなんだろうね。紅の魔女の孤独を癒《いや》したドワーフハムスターたちは、いつまでも魔女の側にいたいと願い、彼女の精霊になったという。白の賢者が二匹のドワーフハムスターの願いを聞き入れて、精霊化してあげたのでは、と言われているよ」

「…………」

白の賢者……ユリシス先生が？

確かに先生は、最初からドンポポの二匹が紅の魔女の精霊だと知っていた。

白の賢者が、二匹のドワーフハムスターを精霊化したのであれば、納得だ。先生にとっても、ドンポポは深い縁のある精霊だったのだ。

その記憶は、私にはまだ無い。

だけど、この話をすんなりと受け入れられるのは、それがまがう方なき真実だからなのだろう。

「あなたたちは、そのことを覚えているの？」

当のドンポポはというと、テーブルの上でお祖母様特製のクッキーを夢中になって齧《かじ》っていたが、いつものように「へけらっ」と笑って、この小屋のあちこちをテチテチ駆け回って遊んでいた。

大事な話は、いつも笑って誤魔化すのが二匹なのだった。

「ねえ、お祖母様。お祖母様は紅の魔女について調べていたのよね」

私はお祖母様にある質問をする為《ため》、ここに持ってきていたものがあった。

それは、私が学校でも常日頃持っていた魔法のバスケット。

「私の友だちが、このバスケットは黒の魔王が紅の魔女に贈ったものだと言ったの。それは本当なのかしら」

「おや。お前の友人が、かい？」

「ええ。トワイライトの……一族の子だったの」

その名を出すと、お祖母様は目を大きく見開いた。

「そうかい。あの黒の魔王の末裔《まつえい》、ね」

トワイライトの一族。その名はすでに、このルスキア王国でも知れ渡っている。

先日のルネ・ルスキア強襲事件の主犯格でもあり、彼らは今、帝国側で戦争に活用するための魔法の研究をしている魔術師だ。

しかし私の友人、レピス・トワイライトは帝国に捕らわれた同胞を助け出す為に、この国へと、ルネ・ルスキア魔法学校へと来たのだった。

「トワイライトの人間がそう言ったのなら、きっと黒の魔王が紅の魔女に贈ったものなのだろう。あたしには今まで、それを確信する証拠は無かったんだけどね。しかし当時、これほど高度な空間魔法を施せた魔術師など、黒の魔王の他にはいない」

「でも、紅の魔女と黒の魔王は犬猿の仲だったのでしょう？　どの歴史書にもそう書いてあるわ」

私が記憶の泡沫《ほうまつ》で見た紅の魔女と黒の魔王も、喧嘩《けんか》ばかりしていた。

「さあね。歴史書なんて、時の王に都合よく書かれているものだから」

「お祖母様？」

「きっと、二人の偉大な魔術師の間には、語り継がれていない何かがあったのだろう」

お祖母様は曖昧《あいまい》な反応だった。

もしかしたらお祖母様には、昔から、紅の魔女と黒の魔王の、歴史に残る関係性に何か疑問があったのかもしれない。

確かに、私も俄《にわ》かに信じられないのだ。

紅の魔女と黒の魔王は、確かに喧嘩ばかりしているように見えたけれど、お互いに憎しみあっているようには感じられなかった。

そもそも、大きな違和感がある。この二人の大魔術師が私とトールであるのなら、私たちが今、こんなにお互いを想い合える魔女と騎士になるだろうか。

トールはこの話を側で黙って聞いていたが、特に口を挟まない。

彼も少しは黒の魔王の記憶を見たと思うのだけれど、その話をあんまりしないのよね。

「そうだ、マキア。お前がこの国を旅立つ前に、これを渡しておこうと思っていたんだ」

「ん？」

お祖母様は奥の部屋に行き、あるものを私の元へと持ってきた。

それは随分と古い三角帽子。しかし解《ほっ》れもなく保存状態が良《い》い。今でも十分使えそうだ。

「これって……」

私はすぐに、それが何なのかわかった。

記憶の中で見る紅の魔女が、常に身につけているものだった。

「紅の魔女のトレードマークさ。五百年前のものなのに劣化することなく残っている。この帽子は紅の魔女の糸の魔法で紡がれて作られたものらしい」

「糸の魔法で……？」

要するに、紅の魔女の髪と、その魔力、魔法で作られたということだ。

「この魔女らしい三角帽子に、魔女はアネモネの花を飾っていたというよ。しかし最後は〝弟子〟に与えたという」

「……弟子？　紅の魔女には弟子がいたの？」

「ああ、一人だけね。ほとんど知られていないことだけど、この家にいると、弟子と過ごした痕跡《こんせき》が至る所に発見できる。あたしはね、紅の魔女に弟子がいたからこそ、この家が残っていて、オディリール家があるのだと思うよ」

驚いた。

紅の魔女に弟子などいるイメージは無かったし、私にその記憶は、まだない。

「マキア。これを持っていくといい。何だか私には、これはお前が持っていなければならない気がするんだ。こんな古い帽子、何に使える訳でもないと思うけれど」

「いいえ、お祖母様。心強いわ。紅の魔女の帽子だなんて」

私はその帽子を被《かぶ》ってみせた。

私の頭にしっくりと馴染《なじ》む帽子。それにこれを被っていると、とても心が落ち着く。

どうしてかしら。私がやっぱり、紅の魔女の生まれ変わりだからだろうか。

お祖母様はその事を知らないけれど、この家にずっと残されていたという紅の魔女の帽子を、どうしてか私に預けてくれたのだった。

外が少し暗くなってきて、お祖母様の家をお暇《いとま》する時間となった。

お祖母様はまず、トールに声をかける。

「小僧。お前は救世主の守護者だろうが、マキアの事も頼んだよ。お前を見出《みいだ》したのは、マキアだということを忘れるな。とはいえ、お前がここまで這《は》い上がったのはお前の実力によるものだ。お前の力は私から見ても抜きん出ているし、お前だからこそ、あたしもマキアのことを任せられるんだよ」

「ええ、心得ております」

「マキア。紅の魔女の魔法をいくつか習得したと言っていたけれど、無茶だけはしないでおくれ。これから先、何があったとしても自分の命を懸けるようなことはしちゃいけない」

お祖母様は私の手を摑《つか》み、真摯《しんし》に語りかけた。

「だけどもし、何か選択の時が来たならば、思うままに道を選ぶといい。守護者としてフレジールに赴くというならば、お前はもう子どもじゃいられない。幼ごころを忘れてはならないと、魔術師は教わるけれどね。……しかし誰も、大人になることを止められやしないのだから」

幼ごころを忘れてはならない。

だけど、大人になることを止められやしない。

その矛盾を意識した時、ふと、あの三人の大魔術師の姿が頭を過《よ》ぎった。

南の小島で、三人で協力し合って魔法の城を作り上げた時、彼らはきっと〝幼ごころ〟を忘れてはいなかった。

だけど、その後の彼らは、きっと大人の選択を迫られたのだ。

「わかっているわ、お祖母様。だけど大丈夫。戦っているのは、私だけじゃないから。私の仲間たちも、大人たちの世界で、自分の信じるもののために戦っているのよ」

私は自分自身の言葉を胸に刻みつつ、改めて想《おも》うのだ。

私とは違う運命と物語を持っている、ガーネットの9班のみんなのことを。

「彼らと同じ土俵に立てるというだけで、私は頑張れるわ」

例えば、私が何者でもなく。

この先、何もできない立場だったなら。

ネロ、レピス、フレイたちと肩を並べて、この先の世界に立ち向かうことはできなかっただろう。

そう思うと、数奇な運命ではあるけれど、それを呪うことはない。

たとえ前世で何があったとして、私はこの時代に生まれたマキア・オディリールとして、この時代の仲間たちと共に力を尽くしたいと思っているのだ。

お祖母様の言う、選択の時は、いずれ何かしらの形で訪れるかもしれない。

だけど世界で何が起こっているのか知らないまま、遠い場所で彼らを待ち続けるなんて、私にはできそうにない。

私も世界のど真ん中で、この先の時代を見極めたいからだ。

その過程で、例えば紅の魔女の記憶や魔法を思い出したのなら、自分だけは見失わないでいたいと思う。

帰宅途中、私たちは塩の森の中で、真っ赤なアネモネの咲き誇る花畑に出くわした。

白い世界でここだけ、赤。

静寂の中、咲き乱れるアネモネの花には、相変わらずドキリとさせられる。

「季節的には今咲く花ではないのにね。この塩の森の中では、アネモネの花が年中咲いているわ」

「紅の魔女を象徴する花ですからね」

紅の魔女を象徴する花……

アネモネの花言葉は、確か「あなたを愛している」だった。

だけどそれは、叶《かな》わぬ恋の、愛している。

紅の魔女は片思いをしていたというけれど、それはいったい、誰に対する片思いだったのだろう。そしてオディリール家のような紅の魔女の末裔がいるのだから、彼女は誰かと愛し合い、結ばれたのだと思うけれど……

紅の魔女の〝叶わぬ恋〟の真相は、今もまだ思い出せない。

「……ねえ、トール。私たちまた、ここへ戻ってこられるかしら」

「無論です。俺はその為に、ずっと頑張っていたのですから」

私たちはアネモネの花畑を見渡せる丘の斜面に座り、お互いに寄り添って、ポツリポツリと会話を交わしていた。

「それはそうと、お嬢。色々あってうやむやになっていた話の続きをしましょう」

「うやむやになっていた話の続き？」

トールは隣で、真剣な顔をしている。

私は最初こそ目をパチクリとさせて、何のことだかわからないという顔をしていたと思うのだが、あまりにじっとトールが見つめてくるので、いよいよ察する。

ああ、そうだ。トールはあの時の事を言っているんだ。

ガラス瓶のアトリエで、私がトールに告げた想いについて。

「あ、ああ……」

私は顔を真っ赤にさせながら、挙動不審な態度で視線を逸《そ》らしがちになる。

そして無意識に、その場から這って逃げようとする。

「どうして逃げようとするのですか？　俺から逃げられると思っているのですか、お嬢」

トールは笑顔のまま、逃げようとする私の足を摑んで引き戻す。鬼や……

「いいわ。振るなら振りなさい。潔くバッサリとね」

「…………」

涙目のまま膝《ひざ》を抱え、身を小さく縮めて震えている私に対し、トールは額に手を当てて
「はあ〜」と長いため息をついた。

「どうして、お嬢はいつもそうなのでしょうね」

「え？」

「俺が……俺があなたを好きだという考えは、あなたの中に無いのですか」

トールの声はどこか切なげだった。

それなのに私は、目を点にしたまま、耳に手を当てて聞き返す。

「え??」

「何ですか、その腹立たしい顔は」

トールの白々とした目がいよいよ痛い。

「だって、だってあなた。あなた前に、ダメだって……無理だって……」

私は自分の指をチョンチョンと突き、モゴモゴと言う。

「そう言ったじゃない。星が降った、あの夜に」

そして隣のトールをチラッと見上げる。

「確かにそうです。だけど俺は、あの時からあなたのことが好きでした」

トールは真摯に私を見つめていた。

実直な言葉、その眼差《まなざ》しは、少年だった頃のトールとはまるで違う、大人びた自信と覚悟に満ちていた。

「今の俺が、あなたに相応《ふさわ》しいとは言いません。卑しい生まれを、無かったことにできる訳ではない。だけど、俺には耐えられないとわかりました。ここで俺が身を引いて、あなたが別の男を好きになるかもと思ったら……」

「……それって嫉妬《しっと》？」

「嫉妬と、独占欲です」

恥ずかしげもなく、さらりと告げるトール。

私は口をパクパクさせて、火照る顔を隠すように、俯《うつむ》く。

「でも、でも」

だけどやっぱり、不安はいくつも重なっている。

「私たち、〈紅の魔女〉と〈黒の魔王〉の生まれ変わりなのよ」

その記憶が、いまだに私たちに無かったのだとしても。

「ユリシス先生が言っていたわ。これからどんどん、どんどん思い出すって。その記憶の中で、自らが極めた魔法を思い出さなければならないって。そしたら私たち、この気持ちを……大切に抱き続けることが、できるのかしら」

紅の魔女と黒の魔王は、犬猿の仲だったと言い伝えられている。

今の私たちがお互いを大切に想いあっていても、相反する憎しみを、思い出してしまうのではないかって。

「私たちが大魔術師だった頃の記憶を思い出したら、私はトールに、嫌われてしまうかもしれない……っ」

それが、ずっと、とても怖かった。

深く考えないようにしていたけれど、私が私でなくなって、トールがトールでなくなるかもしれないと思うと、怖い。この純粋な想いが消えてしまうかと思うと……

「そんなことは、絶対にありえません」

しかしトールは震えていた私の手を取り、力強く握りしめる。

「こんなに強い想いを、覆されてたまるものか……っ」

深い、熱を帯びた言葉だった。

グッと胸を締め付けられる一方で、トールの強い想いに呼応して、自分の熱い恋心を思い出す。

約二年と半年前――

私の初恋は、それを自覚した瞬間に、苦々しい別れに見舞われた。

トールを追いかけるために、王都のルネ・ルスキア魔法学校に入学し、首席を目指した。

この恋が報われるなんて信じていた訳じゃない。

だけど、私はただ、自分の恋心が何もしないまま消えていくのが怖かった。

小田一華《おだかずは》と同じように、何も告げられないまま、終わってしまうのが嫌だった。

どこに行き着き、どのような決着をつけるのか、自分自身が見届けたかったのだ。

だけど私が恋をしたトールもまた、私の知らない、熱い想いを秘めていた。

私を想い続けてくれていたことが、奇跡のように思えて切ない。

私たちはお互いに、お互いを追いかけていたのだ。

「それにお嬢。大事な事をお忘れですよ」

「え？」

トールが私の目元の涙をその指で掬《すく》い取りながら、優しく諭す。

「あなたは一つ前の前世を思い出した時、その人格に支配されましたか？　少なくとも俺は、あなたが変わったようには思いませんでした」

トールの指摘に、ハッとする。

「そうね。言われてみたら、そうかも」

一つ前の前世、小田一華は、どちらかというと心の隣人だと思っている。記憶は全て思い出しているのに。

似たところはあるけれど、まず性格が違うし、小田一華を継承しながらマキアはマキアという一人格なのだ。

そんな風に、私は〈紅の魔女〉を継承できるだろうか。

彼女の想いや感情を受け止めながらも、別の人格である、心の隣人として。

「ありがとうトール。流石《さすが》ね。私の不安を、あなたはいつも吹き飛ばしてくれる」

「そうでなければ、俺があなたの側にいる意味がありません」

肌寒い風がアネモネの花々を揺らしていたが、私の心はポカポカと温かい。

何だかとても、たまらない気持ちになって、ゴロンとその場に寝転んだ。

冷たい土と草、風に全身を浸して、この心と体の熱を、少しばかり冷やしたかった。

「あ」

いつの間にか、空が夕方の淡いオレンジ色に変わっている。

それはまるで、先日の騒動で学園島の上空を覆い尽くした茜色《あかねいろ》の空のよう。

あるいは、紅の魔女と遭遇した、あの黄昏《たそがれ》色の水平線のよう。

あるいは、かつて私たちが高校の屋上で見た、真っ赤に燃える、最期の空の色のよう。

また、たまらない気持ちになってしまう。この気持ちの行き着く先はどこだろう。

「……ねえ、トール。これからはずっと一緒にいられるかしら」

私はぽつりと、儚《はかな》い声音で呟《つぶや》いた。

「勿論《もちろん》です。そしてまた、共に、デリアフィールドに戻って来ましょう」

トールはそう断言する。まるで、自らに課した誓いのように。

「戻って来たら、何がしたい？」

「そうですね。俺はオディリール家に婿入りし、あなたの伴侶《はんりょ》になりたいです」

「えっ⁉」

「えっ、って何ですか。寝転がったままギョッとした顔して。……もともとそういうお話だったではないですか。旦那《だんな》様も奥様もそれをお望みのようですし」

「そ、そりゃそうだけど。そりゃそうだけど。え？　あなた本気で言ってるの？　あなただったらもっと上を目指せるわよ」

私はぐるぐる目を回し、人差し指を空に向ける。

だって、トールは今さらっと言っちゃったけど……それって結婚するってことよ⁉

「お嬢、落ち着いてください。そういうことならお嬢だって。あなたには色々な可能性がある。例えば……王族の妃《きさき》だって夢では無い」

「はい？　もしかしてフレイのこと言ってる？　チャランポラン王子の⁉」

「チャランポランなフレイ殿下が、あなたを妃に望んでいるという噂《うわさ》はかねがね。ですがおやめください。あの男だけはどうにも俺が許せません」

「あの男って……一応仮にも第五王子様なんですけど？　それにフレイが私を妃にしたがっているのは、あいつが他の女の人と結婚したくないからよ。私を言い訳に利用しているだけで、別に私が良《い》いわけじゃ……」

「そうでしょうか。あの男は、最初に見た時から危険な匂いがしていましたよ」

「は、はあ……」

トールの顔がマジだ。確かにトールは、フレイに対して最初からピリピリしていた。同じ班員の男子であるネロに対しては、特にこれといった感情が無さそうなのだけれど。

やっぱりチャランポランなのがいけないのかしら……？

それとも、ああ見えて王子、みたいなところに焦りでも感じるのかしら。

私やトールの地位ではどうしたって敵《かな》わないものではあるからね。

いやでも、ネロも一応王子様だし……

「別の男のことを考えるのはおやめください、お嬢」

「え？」

気がつけば、トールの憂いある視線が私を捕らえ、その菫《すみれ》色の瞳《ひとみ》が見下ろしていた。

「い、いやフレイやネロのことは別に……っ」

大したことを考えていた訳ではないけれど、確かに今、私はフレイやネロのことを考えていた。それをトールに見透かされ、彼は少し気にいらなそうに目を細めていたので、私はドキッとしてしまう。熱を帯びた彼の声、大人びた視線がそうさせる。

トールは何を思ったのか、その流れで体勢を変え、寝転がる私に覆い被《かぶ》さり顔の真横に手をついた。

「ト、トール……!?」

不意なことで、あわあわと舞い上がってしまって、私は彼の視線に耐えきれず、いよいよ自分の顔を両掌《てのひら》で覆ってしまう。

「どうして顔を隠してしまうんです？」

「だ、だって。だって」

こういう、恋の駆け引きに不慣れな私。

翻弄《ほんろう》されて、真っ赤になった顔なんて、恥ずかしくて見せられない。

一時的に、このドキドキから逃げるために顔を隠しているのに、こんな時でもトールは容赦ない。

「俺のことを見てください、お嬢」

「…………」

トールの声が、切なげだった。

そんな風に言われたら、どうしようもない。魔法で固く閉ざされた〝扉〟を開くように、私はゆっくりと自分の顔を覆っていたその手を下ろしていく。

世界はとても静かなのに、私は自分の心臓の鼓動が、ドクンドクンと強く鳴り響いているのを知っていた。

そうして、私はやっと、真正面からトールの視線を受け入れる。

憂いある表情で、私を見下ろす、トールの菫色の瞳。

……ああ。

片方は、私を助ける為《ため》に失って、義眼だ。

だけどそれすら、私の胸を焦がし、どうしようもなく愛《いと》おしい。
私はもうわかっているはず。
トールの恋心。彼の願い。本当の想《おも》いを。

「お嬢。お許しください。俺はあなたを、心から愛しているのです」

あの日、あの時、あの場所で——
私が見つけたこの黒髪の男の子は、鎖で繋《つな》がれた傷だらけの奴隷だった。
親に売られ、痩《や》せっぽちで、この世の何ものをも信じていないような顔をしていた。
それなのに。
この男の子が立派な騎士に成長し、人を愛せるようになった。
誰かをこんなに愛おしそうな目で見ているなんて、奇跡だ。
トールのその瞳に映るのが、私だということ。
それが今も信じられないし、こんなに嬉《うれ》しく、幸せな瞬間などない。
「トール……」
無意識のうちに、私は彼の頬に手を伸ばしていた。
トールは私の手を自分の手で覆うと、そのまま体を沈め、顔を寄せる。

彼に全てを委《ゆだ》ね、吐息と、髪と、唇が重なり合う瞬間、私は静かに目を閉じて、涙を流した。

トールの命を救うためにした、一方的な、冷たいファーストキスとはまるで違う。

今ばかりは複雑な何もかもを忘れられ、世界は私たちに優しかった。

静かなこの森には私とトールだけがいて、それで完璧《かんぺき》なのだと思えた。

トールがゆっくりと唇を離し、泣いている私に気がついて、私の涙をその指で拭《ぬぐ》う。

彼もまた眉《まゆ》を寄せ、どうしてか切実な声で、囁《ささや》くのだった。

「そういうことですので、マキア・オディリール嬢。どうか、お覚悟を」

いつもの余裕ぶった声ではないからこそ、胸に迫る。

しかしその言葉は、相変わらずの、天性の色気と魔性を帯びている。

潤んだ瞳をパチパチと瞬いて、私はコクンと、子どもみたいに素直に頷《うなず》くほかなかった。

初めて出会ったあの日から、私はトールを追いかけて、追いかけて……。

結局今までずっと、彼の存在から目を逸《そ》らせずにいた。

トールのことが気になったきっかけは、もしかしたら「どこかで会ったことがあるかもしれない」というような、前世のデジャヴ、記憶の残り香による〝気がかり〟だったのかもしれない。
だけどそれは、灯火《ともしび》のような、名前のない感情。
自覚のない、幼ごころ。
その恋を確信したのは、今を生きる私自身だ。
これは今の私たちにしかない、情熱だ。
ならば私はもう、トールからは逃げられない。そういうことだ。
悲しいわけでもないのに、涙が溢《あふ》れる。
嬉しくて堪《たま》らないのに、胸が苦しい。
きっとそれが、恋をするということ。

私、トールに恋をして良かった。
きっとあなたも、こんな恋をしたのでしょう？
――――紅の魔女。

雲ひとつない早春の空。

ミラドリードの青い海。

なんと絶好の、旅立ち日和だろう。

そして出航を告げる、重低音の汽笛が鳴り響く。

「うわあ……」

ルスキア王国の紋章が入った巨大な魔導船に乗り、私はすでに海上にいた。この船を見送る大勢の人々が、下でずっと手や旗を振ってくれている。

今日、私は生まれ育ったこのルスキア王国を出国する。

帰ってくるのは、半年以上先のことになるだろう。

そう思うと、すでに寂しい。今まで色々な国の人に会ってきたけれど、自分がルスキア王国を出て異国の地へ赴くのは、生まれて初めてだった。

船上には救世主とその守護者だけではなく、ヴァベル教国の巫女《みこ》様に婿入りするユリシス先生もいる。そして、ルスキア王国の大臣や大使、特使も。

救世主が聖地に赴く世界的な儀式に合わせ、フレジール皇国とルスキア王国の二カ国間で、会議が開かれる予定だ。

今回の事件をきっかけに知ることとなった、帝国側の戦力や狙い、その対応について確認しあう必要がある。パン・ファウヌスの風穴が飲み込んだものの中には、早急に対策が必要とされるような、魔法兵器もあったのだとか。

フレジール皇国とルスキア王国は、今後も緊密な協力関係を築き上げ、同盟を強化する流れとなっているのだった。

そんなこんなで、私も大人たちに交じって、それなりの立場があったりする。

救世主の守護者であり、特使という肩書きだ。

この特使の部分に、大魔術師《ロード》クラスの役割やら何やらが含まれているのだとか……

ルスキア王国の特使として支給された制服は、金の刺繍《ししゅう》が施された臙脂《えんじ》色の上着とスカート。騎士と魔術師の国らしい古典的で上品なデザインだ。大人たちと変わらない格好で異国に赴くのは、何だかとても緊張する。

学生服や、少女らしいドレスとは、しばらくおさらばだ。

私はもう、守られる立場の学生ではなく、表向きは救世主の守護者。

アイリもまた、以前まで頑《かたく》なに脱ごうとしなかった高校のブレザーを脱いでいた。

私たちと同じ臙脂色の服を着ているけれど、アイリのデザインだけは少し違っていて、長いスカートではなく動きやすそうなキュロットスカートだった。

そしてアイリは、ここ最近ずっと、後ろ髪を地味なリボンで結っている。

そう。何となくだけど、男の子のような風貌《ふうぼう》でいるのだ。

「アイリ、喉渇《のど》かない？」

デッキから海を眺めているアイリに、冷たいドリンクを持って行きながら声をかけた。

「ありがとう、マキア」

「ねえ、なんだか雰囲気が変わったわね。少しボーイッシュっていうか……」

「んー、イメチェン？」とアイリは苦笑する。

「救世主がいつまでも守られっぱなしの女の子じゃあ、世界の誰も、安心できないでしょ？　求められる救世主像がどんなものなのか分からないけれど、まずは、みんなが頼もしいと思えるような格好をしようと思って」

「なるほど。偉いわねアイリ」

「あはは、偉くないよ。自分の為でもあるんだ。何ていうか、気分を変えてみようと思って。失恋したら髪を切るでしょう？　あれに近いかな？」

「アイリって、失恋したの!?」

「……はあ。これだからマキアは。そういうところは小田さんの頃から変わらないよね」

アイリはジトッとした目になって、私の持ってきたドリンクをゴクッと飲む。

そしてもう一度、ため息をついた。

「それにあたし、もう高校生じゃないんだよ？　今のマキアより結構年上なんだけど」

「えっ、そうだっけ!?」

しかし確かに、もともとアイリは高校三年生だった。救世主がこの世界に現れて二年は過ぎているので、少なくともアイリは二十歳を越えていることになる。

制服を着ていたからか、そこら辺を全く意識してなかった。

「そう。もう夢見る少女はおしまい」

そしてアイリは、青い空を仰ぐ。

んー、と背伸びをして、彼女は晴れ晴れとした顔で言うのだった。

「あたしもそろそろ、大人にならなくちゃ……ね」

……大人、か。

守られていた子ども時代。

輝かしい青春の時代が終わり、大人の時代が幕を開ける。

誰しも、いつまでも子どもではいられない。そして大人が上るべき階段は、子どもの時代よりずっと長く、辛《つら》く、険しくて、先が見えない。

しかし誰もがこのタイミングで、急激に成長し、大人になっていく——

「アイリ様は、随分と変わられました。皆、とても驚いています」

トールが隣にやって来て、他の乗員に声をかけるアイリの姿を、遠くから見ている。

「大人にならなくちゃって、言ってたわ」

「大人に……？」

「きっと、強くなろうとしているのよ」

そして、強くなろうとしているのは、何もアイリだけではない。

この船に乗っている多くの者たちが、自分の大切なものを守るために、自分の役目に責任を持ち、覚悟を決めて国を出ている。

たとえばそれが、救世主や守護者のような、華々しい活躍ではなくとも。

表舞台では、語り継がれることのない物語でも。

「私も、強くならなくちゃ」

行こう。立ち止まってはいられない。

温かな場所から巣立つ事を余儀無くされているのだとしても、戸惑っていては激動の時代に取り残されるだけだ。

私はそれを予感するだけの、多くの出会いを経験し、事件に立ち向かったはずだもの。

行こう。

力を貸して欲しいと頭を下げた、あの人たちのいる国へ。

この世界の正義を掲げる、フレジール皇国へ——

裏　カノン、この救いの世界に立っている。

メーデー。メーデー。メーデー。

誰が最初に、この世界の名前を決めたのか。

それを覚えているのは、もう〈俺〉だけだ。

遠い遠い昔、絶望の果てに「助けて」と叫んだ十人の子どもが、名前のない世界に召喚された。

男の子は七人。女の子は三人。

そこにあったのは天と地と、それを繋《つな》ぐような巨大な樹《き》だけ。

ここは生まれる前の世界だったのか。それとも終わった後の世界だったのか。

十人の子どもたちは、母なる大樹によってそれぞれの〈魔法の力〉を授けられ、この世界で遊ぶことを許された。

いったい誰が、子どもたちに世界を創らせてみようと思ったのだろう。

まさに子どものおもちゃ箱。

叱る大人のいない、箱庭。

絶望の果てに「助けて」と叫んで、この世界に来た子どもたちばかりだ。

世界は子どもたちの空想のまま、思いのままに創造され、自由自在に形を成していく。

幼ごころとは魔法の根源であり、無限の力を秘めている。

強い願いの力とは、0を1にすることができる。


少なくとも、この〈メイデーア〉とは、そういう世界だった。


十人の子どもは知恵やアイディアを出し合って、誰もが幸せになれる居場所を求めて、理想的な世界を築いていった。

しかし同時に、手本となる大人のいない世界で、十人の子どもたちは日々成長し、子どもではなくなっていく。

自我や欲望、恋心なんかに目覚めてしまう。

小さな勘違い、誰かの我《わ》が儘《まま》、実らぬ恋心、嫉妬心《しっとしん》……

そんな燻《くすぶ》った感情から諍《いさか》いや喧嘩《けんか》が増えていき、それが派閥や対立を生み、やがて止めようのない戦争に変わっていった。

癇癪《かんしゃく》を起こした子どもが、おもちゃを投げて壊すように。

彼らは魔法を使い、争ったあげくの果てに、自分たちの創った世界を破壊した。

そして何も無くなった大地に立って、彼らはやっと行いを後悔し、世界を一からやり直す事に決めたのだ。

新たな世界を守るために、あらゆる法則でがんじがらめにしてまで。


メーデー。メーデー。メーデー。


居場所が無かった。

助かりたかった。

幸せになりたくて、誰でもいいから「私を助けて」「僕を助けて」と叫び続けて、縋《すが》るようにしてこの世界に来たはずだった。

それなのにどうして、こんなことになってしまったのだろう。

＊＊＊

創造の神　パラ・アクロメイア……銀の王…………………（不明）
時空の神　パラ・クロンドール……黒の魔王………………（トール）

戦争の女神　パラ・マギリーヴァ……紅《くれない》の魔女……………（マキア）
豊穣《ほうじょう》の女神　パラ・デメテリス……緑の巫女《みこ》……………（ペルセリス）
精霊の神　パラ・ユティス……………白の賢者……………（ユリシス）
運命の女神　パラ・プシマ……………藤姫《ふじひめ》……………（シャトマ）
法と秩序の神　パラ・トリタニア……聖灰の大司教……………（エスカ）
勝利の神　パラ・グランディア……黄龍の大将軍……………（不明）
災いの神　パラ・エリス……………青の道化師・瑠璃妃《るりき》………（不明）
死と記憶の神　パラ・ハデフィス……金の王・トネリコの救世主……（カノン）

「あと……三人」

三つの瞳《ひとみ》を入れたカプセルを目の前に置き、深く椅子に座り込み、俺は暗い部屋の天井を見ていた。

この時代、星が並び立つように〈最初の十人〉の生まれ変わりたちが出揃《でそろ》うと、聖地に住まう〈緑の巫女〉ペルセリスによって予言されている。

緑の巫女は、この世界に最初から存在していた〝世界樹《せかいじゅ》ヴァビロフォス〟の意思を代弁し予言を行うため、まず間違いないだろう。

この時代、判明していない〈大魔術師《ロード》クラス〉は残り、三人。

しかし判明したところで、全員、俺が殺すことになる。

殺して、その魂を世界樹ヴァビロフォスに返して、再生の時を待つ。

そして再び生まれてきた彼らを、俺はまた殺すのだ。

それが、君たちとの約束。

君との約束。

誰もが俺を忘れても、俺だけは全てを覚えている。


かつて、戦争によって自分たちの創った世界を壊した〈最初の十人〉は、破壊され尽くした世界を前に、過ちを悔い、もう一度世界をやり直すことを決意した。

しかし、自分たちが支配する世界では、再び同じことを繰り返す。

それでもこの〈魔法の力〉は、世界を導くために与えられたものであり、自分たちがいなくなってしまえば、メイデーアもまた機能しない。

そうであるならば普通の人間として生まれ変わり、世界に程よく影響を与えた後、潔く世界から消えるほかないのである。

しかし生まれ変わる度に〈約束〉の記憶が薄れていく彼らは、自分たちが死ななければならない理由が、わからなくなる。

ゆえに、彼らをこの広い世界で見つけ出し、否応《いやおう》なく殺し、魂を回収する存在が必要だったのだ。

それが、この俺、カノン・パッヘルベルである。

十人の中で、唯一俺だけが、記憶を全て継承することができた。

そういう〈魔法の力〉を与えられていた。

そのせいで、神殺しの死神の役目を背負うことになったのだ。

神話の時代より何千年の時がたったのだろう。

彼らが思い出せる前世などせいぜい一つ前くらいのものだが、俺は全ての時代の彼らを覚えている。

今まで何度も、殺して、殺して、殺してきた。

その方法も、彼らの死の間際の表情や言葉すら、忘れることができない。

時代に合ったあらゆる立場を利用し、追い詰めて、殺したのだ。

千年前は、一国の王だった。

時の暴君であった〈銀の王〉と戦った結果、〈金の王〉として名を残す。

五百年前は、英雄だった。〈トネリコの救世主〉というと誰もが知っている。

神話時代より付与されていた特権の一つである〝救世主システム〟を利用して、自らが異世界を経由し、救世主となったのだ。

この時代に現れた〈黒の魔王〉〈紅の魔女〉〈白の賢者〉を討つには、それが最も有効で、正解だと思っていた。

三百年前は、何者でもない名もなき死神だった。

この時代に現れた〈藤姫〉と〈聖灰の大司教〉と良好な関係を築き、彼女たちの理想を傍らで見守り、その死を意義のあるものに仕立て上げ、受け入れてもらった。

彼らと良好な関係を築けたのは、慈悲深い藤姫と、事情を知っていた聖灰の大司教が、俺に最大の理解を示してくれていたからだろう。

どうすれば君たちを確実に殺せるか、それを常に考え、行動した。

それでも間違うこともある。

上手《うま》くいかないこともある。

君たちを殺すことは、そう、容易なことではないからだ。

転生を繰り返し、このメイデーアという世界で君たちを見つけ出した時、俺はいつも懐かしい気持ちになる。嬉《うれ》しい気持ちと、悲しい気持ちがせめぎ合う。

そして、かつての友をこの手で殺した後は、酷《ひど》く疲れ果てている。

この役目に終わりなどない。

それでも君たちとの約束を果たすため、俺はこの〈救いの世界〉に立っている。

メイデーア転生物語
短篇集

Side Stories

―初出一覧―

「マキア、鏡の向こうの小さな魔女。」
友麻碧3ヶ月連続刊行フェア特典（二〇一九年九月）
「マキア、幼馴染みの公爵令嬢に悪夢を見せる。」
メイデーア転生物語3巻刊行記念・書店特典（二〇二〇年八月）
「マキア、トールと文通する。」
メイデーア転生物語3巻刊行記念・カクヨム公開（二〇二〇年八月）
「メディテ先生、可愛い姪っ子のためトールを毒殺すると誓う。」
メイデーア転生物語4巻&コミックス2巻同時発売記念・電子小冊子特典（二〇二〇年十二月）
「マキア、リンゴカレーは青春の味。」
富士見L文庫7周年フェア特典（二〇二一年七月）

マキア、鏡の向こうの小さな魔女。

私の名前はマキア・オディリール。十二歳。

メイデーアの歴史に名を残す、極悪な〈紅の魔女《くれない》〉の末裔《まつえい》であり、将来を期待されている魔術師見習い。ついでに男爵家の令嬢でもある。

「お嬢、鏡の前で自分の姿を見つめて何をしてるんです？　占いですか？　この世で一番美しいのはだあれ遊びですか？」

使用人のトールが、鏡ごしに私に尋ねる。

トールは一歳年上の男の子。黒髪と菫色《すみれいろ》の瞳《ひとみ》がこの国ではとても珍しくて、大きな魔力を持っていたから、私が彼をオディリール家の門下生兼使用人として迎え入れた。

一歳年上とはいえ、もうすっかり背も高く、大人びた美少年だ。

「ねえトール。私ってそんなに意地悪そうな顔をしているのかしら」

眉間《みけん》にしわを寄せた顔を鏡で見つめながら、腕を組んで「うーん」と唸《うな》って、トールに素朴な疑問を投げかける。

「今更ですね。なぜです？」

「この前ね、お呼ばれした伯爵家のお茶会に行ったじゃない。あの家の子が転んで泣き出したの。私、魔法で怪我《けが》を治してあげただけなのに、私が魔法を使って泣かせたって、周りの大人に勘違いされたのよ」

ムーっと膨れっ面になる私。その顔すら、なんかちょっとふてぶてしい。

「うーん、そうですねえ。お嬢はべっぴんですが目尻《めじり》が釣っていて猫のようですし、血の気のない色白で、小さな唇がリンゴのように赤いですからねえ。魔女らしいといえば魔女らしいですよ」

トールは後ろから、私の膨れっ面を手で潰《つぶ》して遊ぶ。

ぶーっと空気が抜け、変な顔になった私を鏡ごしに笑ってやがる。

私は一応、こいつのご主人様のはずだけど……？

「いいじゃないですか。恐れられることは魔術師の誉《ほまれ》ですよ。あなたはこのメイデーアで、最も恐れられた魔女の末裔なのですから。もっと自信を持ってくださいよ」

「わかっているわトール。ただ毎度悪者扱いだから、嫌気がさしただけ」

「うーん。だったら俺が、鏡の精の代わりに、あなたを褒めてあげます」

「無理して褒められても、嬉しくないわよ」

腕を組み、むすっとしたまま真上に顔をあげると、トールの顔が私を見下ろしていた。

私の海色の瞳と、トールの菫色の瞳が見つめ合い、一瞬、純粋な魔法の片鱗《へんりん》を見る。

「知ってます、お嬢」

「……なによ、トール」

「俺はお嬢の顔、嫌いじゃないですよ」

目を細め、十三歳らしからぬ魔性の笑みを浮かべるトール。

こういう所なのよねえ……

こういう所が、女児から老女まで虜《とりこ》にしてしまう。そういう魔法を意図せず帯びている。

この前も公爵令嬢のスミルダちゃんに金と権力でトールを奪われかけたけど、私が悪夢をみる呪いをかけて諦《あきら》めさせたところだ。

生意気でムカつくこともあるが、この先もずっと、私がトールを手放すことなどないだろう。何があろうとも、誰であろうとも、奪われたら奪い返すのみ。

「まあいいわ。トール、ミルクコーヒーをいれてちょうだい。蜂蜜《はちみつ》はたっぷりね」

「かしこまりました、お嬢。そうだ。厨房《ちゅうぼう》に、奥様お手製のアップルケーキがありましたが。召し上がりますか？」

「食べる食べる！　あー、悩んだらお腹《なか》すいちゃった。魔術師は糖分を切らすと変なこと考えちゃうから」

「暴れ出す前にチョコレートを一粒食べましょうって、あれほど言ってたのに」

「何その呆《あき》れ顔。ていうか暴れてないでしょう！　ほら、さっさとミルクコーヒーとアップルケーキを持ってらっしゃい。減給するわよ！」

「酷いご主人様だなあ。ま、鎖に繋《つな》がれているよか、ナンボかマシですけど」

やれやれと、困った笑みを浮かべつつ首を振るトール。

かつて、トールは奴隷として売り買いをされ、酷い仕打ちを受けていた。たまたま私が見つけて、彼を買い取ったのだ。まだ、ほんの一年前のこと。

トールが部屋を出て行き、私はもう一度、鏡を見た。

そこには赤いドレスを着た小さな魔女が映っている。

普通にしているだけなのに、ちょっと冷たさのある顔立ち。

笑顔を作ってみても、何かを企《たくら》んでいそうな悪い魔女の微笑《ほほえ》みになっちゃう。

悪名高いご先祖様も、似たようなことで悩んだりしたのかしら。

だけどまあ……私の本当のことは、トールが知っていてくれれば、それでいいか。

マキア、幼馴染みの公爵令嬢に悪夢を見せる。

これは、私とトールがまだデリアフィールドにいた、子どもの頃の出来事。

私の名前はマキア・オディリール。

「ところでマキア。後ろに控えているその子、あたくしにお譲りなさいな」

「はい??」

幼馴染《おさななじ》みの公爵令嬢スミルダが、父の用で公爵邸を訪れた私に要求を突きつけた。

きつく巻いた左右のツインテールを指でいじりながら。

その理不尽な要望に、私は目を点にさせて後ろを振り返る。後ろには、私に仕える騎士見習いのトールがお澄まし顔で控えていた。そんなトールの腕をガシッと掴《つか》んで前のめりになり、私は髪を逆だててスミルダを威嚇する。

「バカ言わないで！　私の大事なトールをあげるわけないでしょ！　ていうかつい最近まで、スミルダも男の子の従者を何人か侍《はべ》らせていたじゃない」

「みんな辞めてしまいましたわ！　性根のない奴ら！」

「そりゃ、あなたがハイパーわがままお嬢様だから、愛想つかされただけよ」

スミルダの理不尽なわがままを受け止めきれる同年代の男の子は少なかろう。

トールは大人びているし何でもできるし、この国では珍しい黒髪の美少年だ。スミルダは珍しいものが好きで、一度欲しいと思ったら手に入れずにはいられない性分だ。トールをいつも引き連れている私が、羨《うらや》ましくなったのだろう。

「欲しい欲しい欲しい！　あの美少年が欲しいですわ！　買ってくださいましお父様！」

いよいよスミルダが、自分の父である公爵様に泣きつく。泣きつくというか、暴れながらわがままをぶちまけている。金で解決できると思っているあたりがスミルダらしい。

公爵様は娘に大層甘く、さっそく私のお父様にトールに関する相談をしている。

お父様はきっぱり断って下さり、私たちは逃げるように公爵邸を後にしたのだった。


「はあ〜。息してるだけでモテる男は辛《つら》いですよ」

「トール、あなたももうちょっと危機感抱いたほうがいいわよ」

私の部屋にて、やれやれと首を振っているトール。

これから私が、どれほど苦労してトールを死守するか、この男にはわかってない様子だ。

スミルダがわがままを貫いて、公爵様がそれに折れたら、金と権力の力でトールが奪われかねないというのに！　我が家は公爵家に比べたらずっと地位が低いのだから！

「スミルダなんかにトールを取られてたまるもんですか！」

「お嬢は本当に、俺が大好きですね」

「私のものを取られるのが癪《しゃく》なのよ！　人様のものを奪っていくようなワガママな子には、天誅《てんちゅう》を下すわ」

私はそういう魔女の末裔だ。さてどうしたものか。

「こうなったら、スミルダ自身に『トールはもういらない』と言わせるしかないわ」

「いったいどうするおつもりです？　俺に、嫌われるようなことをしろとでも？」

「相手は曲がりなりにも公爵令嬢よ。無礼を働くとあなたの将来に差し障りがあるわ。だからトール、あなたは何もしなくていいの」

「お嬢ってば、俺の将来のことまで。そんなに俺が大事なんですねえ」

トールは私の心遣いに感動しているような、そうでもないような。

私はというと、必死に魔導書の、とあるページをめくっている。

「見つけた！　これよ！」

私は魔導書のあるページをトールに見せつけ、ニンマリと笑う。

「悪夢を見せる呪い？」

「あの子には強烈に目覚めの悪い悪夢を見てもらうわ。トールを諦めてもらうためにね」

「流石《さすが》はお嬢。えげつない」

呪いとはいえ、巷《ちまた》での評判が悪いインチキ魔導書を参考にしているので、どれほどの効果があるのかは不明だ。

私はこの呪いをスミルダにかけるべく、トールとともに塩の森へと行き、こそこそと準備をした。魔導書に書かれていた通り地面に魔法陣を描き、拾った石で祭壇じみたものを作り、こっそり持って帰っていたスミルダの髪を一本、捧《ささ》げる。

「ナンタラカンタラ。ナンタラカンタラ。あー、ナンタラカンタラ」

「その呪文《じゅもん》、本当に合ってるんですか？」

魔女らしく悪い笑みを浮かべながら、かなりインチキくさい呪文を唱えたのだった。

この時は、特に何も起きなかった。

あの呪いが本物だったのか、それとも私の魔法の才能によるものか、それとも塩の森で呪いの儀式を行ったのが功を奏したか……

翌日スミルダに会いにいくと、彼女はベッドの上で見るからにげっそりとしていた。

ネグリジェ姿でクマのぬいぐるみを抱きしめたまま、蒼白《そうはく》な顔をして言うのだ。

「マキア。もうトールは要りませんわ」

「ん？　どういう風の吹き回し？」

「だって夢を見たのですわ。トールを取り戻すために、マキアが巨大化して、あたくしの宝物が詰まったクローゼットを踏み荒す夢を！　最後は世界が滅ぶまで火を噴いていましたわ！　あああ、恐ろしい、恐ろしい。流石は世界で一番悪い魔女の末裔《まつえい》ですわ！」

何、その夢。私、悪い魔女どころか怪獣じゃない。

怖い夢を見たせいで心ここに在らずのスミルダの部屋を出ると、私の後ろで、トールが必死に笑いを堪《こら》えていることに気がついた。

「お、お嬢が……火を噴く……っ、ブハッ」

「トール。誰の為《ため》に私が火を噴く怪獣になったと思っているの？」

「いえいえ、分かってますよ。お嬢が俺を手放したくなくて必死だったってのは。俺はお嬢のお気に入り、ですからね〜。ふー」

「もういいから。もうおやめなさい」

なんだか癪だが、このおかげで私はスミルダからトールを死守した。

そして私とトールは、妙な信頼と絆《きずな》をもう一段積み上げたのだった。

マキア、トールと文通する。

○月一日
愚かなトールよ。

今朝はよくも私の涙ぐましい制止を振り切って、お父様と一緒に王都出張に行ってしまいましたね。

もう許しません。一週間もの間、私の側を離れるなんて騎士失格です。

代わりにもっと優秀でイケメンで優しい騎士を探して雇いますから。

○月二日
親愛なるマキアお嬢様へ。

涙ぐましい制止って、朝食に睡眠薬を混ぜたり、馬車を破壊したり、玄関前に深い落とし穴を作ったりのアレですか？　危うく死にかけました。

ていうか、俺より優秀でイケメンで優しい騎士って、この世に存在するんですかあ？

○月三日
トール《 》へ。

嘘《うそ》です。あなたより優秀でイケメンな騎士はいません。あなたより優しい騎士はいるかもしれませんけど。

あー、暇だなー。

今日は遊び相手がいないので、水たまりに映る自分と話してました。

何か面白い話をしなさい。

○月四日
マキアお嬢様へ。

そんな寂しい遊び、やめてください……

今日は旦那《だんな》様と一緒に依頼人のお屋敷に伺いました。

依頼はすぐに解決し、そこでレモンパイなる洒落《しゃれ》たお菓子を頂きました。ふわふわしたメレンゲがたっぷりのった、甘酸っぱいケーキです。お嬢が好きそうです。

王都はデリアフィールドと違って人でいっぱいです。何でもありますが、俺はあまり好きな場所ではないですね。

○月五日
親愛なるトールへ。

本当!? 依頼が解決したのだったら、一日でも早く帰ってくるといいわ!

お父様には私から言ってあげますから。ね?

あと、レモンパイとっても美味《おい》しそうですね。

お土産期待してます。あー、早くトール帰ってこないかなー。

○月六日
親愛なるお嬢へ。

残念ながらレモンパイは日持ちしないそうです。別のお土産を持って帰ります。

あと、すみません……

依頼人のご意向で、もう一つ旦那様の仕事が増えました。すぐに戻れそうにありません。

一週間ほど王都滞在が延びそうです。

○月七日
えええええええっ!

そんなああああああああああっ!

バカヤロウ〜酷《ひど》い〜酷すぎる〜〜っ！
あと少しでトールが帰ってくるって思ってたのに。
毎日毎日カレンダーに×印つけて待ってたのに！
更に一週間もあなたが帰ってこないなんて生殺しの蛇です。
溶けた砂糖に溺《おぼ》れるアリです。真夏に荒野で干からびたカエルです。
もういいわ。あなたのために焼いた塩リンゴパンをやけ食いします。
あなたの分は残ってないと思っていいからね。

○月八日
何を言っているのかよくわからないお嬢へ。
塩リンゴパンのやけ食いなんて、やめてください。腹壊しますよ……
ちょっと心配です。あと、俺のためにありがとうございます。

○月九日
トールへ。
お腹《なか》壊しました。
今ベッドで寝込んでいます。とってもしんどいです。

だから早く帰って来てね。大切なマキアお嬢様が腹痛で死んじゃうわよ……

○月十日
大切なマキアお嬢様へ。

嘘ですね。一応心配はしましたけど、お嬢がその程度で腹を壊すわけがありません。

本当に腹を壊したところで、オディリール家には治せる魔法薬が大量にありますし。

俺にはわかります。しおらしくしても無駄です。

○月十一日
チッ、トールめ、可愛《かわい》げのない。

まさかトール、王都の方が居心地よくなった訳じゃないわよね？

都会かぶれの騎士になっちゃった訳じゃないわよね？

依頼主って女主人だったわよね。

あなたを舐《な》め回すように見て、あなたを欲しがったりしてないでしょうね？　ずっとここにいたらいいわ、欲しいもの何でもあげる、うふふ、みたいな。

許さないぞ、許さないぞ……

呪ってやる、呪ってやる……

○月十二日

お嬢、お気を確かに。

そんなに必死にならなくても、明後日《あさって》には帰りますって。

あ、女主人からはうちの養子にしたいとまで言っていただきましたが、そこは旦那様がお断りしてくださいました。俺が取られなくてよかったですね（笑）

ところで、お土産何がいいですか。三択あります。

一、都会で人気のピスタチオチョコレート

二、お嬢があまり持ってなさそうなレモン色のハンカチ

三、クソ田舎なデリアフィールドでは手に入らない魔法雑誌の最新号

○月十三日

あああああああ。あああああああああ。

女主人やっぱりかああああああああ（呪）

……でもちゃんと私のところに帰ってくるのよね？

トールに会いたいよー。会いたくて震えるよー。

あ、お土産は、三点フルセットでお願いします。一番のお土産は、トールが一秒でも早

く、無事に帰ってくることだけど。

早く明日《あした》にならないかなー。あー。

だって寂しいんだもの。人間だもの。マキア。

○月十四日
お嬢、お気を確かに。

お嬢の言ってることが割と怖くて震えます。

今夜遅くになりそうですが、デリアフィールドに戻ります。

もうしばらくお待ちください。トール。

○

ベッドの上で大の字になり、私は天井を見上げていた。

「トール、今日中には帰ってくるって言ってたわよね……遅いなー」

トールが私を置き去りにして、お父様のお仕事についていった、この二週間。

私はトールと毎日のように文通をしていた。

お父様のカラスの精霊フレディが、毎日毎日、お互いの手紙を送ったり届けたりしてくれていたの。

寝ずにひたすら待っていた私は、馬車がお屋敷に辿《たど》り着く音でガバッと起き上がり、寝間着姿のままドタドタと一階へと下りる。

「あらマキア、まだ寝てなかったの？」

「お母様、トールが帰ってきたわ！　ついでにお父様も！」

「あらあら。お父様がついでになっちゃってるわ」

そして、お母様より早くに屋敷の扉を開けた。

「マキア！　いま帰ったよ！」

と言って両手を広げるお父様には「あとでね！」と元気よく言って横を通り過ぎ、その背後に付いてきていた黒髪の少年に向かって、両手を広げて飛びかかる。

「トールうううッ！」

勢いそのまま、がっしりと。

トールは半ば諦《あきら》めたような顔をして、ただ私に抱きつかれていた。

「あのう、お嬢。俺まだ風呂《ふろ》に入ってないですし。あと旦那様が物欲しげにこっちを見ているので、旦那様にも抱きついてやってください……」

「だってだって！　二週間よ！　一週間でも許せないと思っていたのに、更に一週間延びちゃったんだもの。私は毎日、気が狂いそうだったわ！」

ですかあ?」

「あの手紙を見ていたらわかります。お嬢がもう限界だって。そんなに俺が恋しかったん

トールが皮肉っぽい笑みを浮かべ、首を傾《かし》げて私を見下ろしている。

こいつのこの煽《あお》るような表情を見ていると、私もスン……と冷静になる。

「馬鹿ね。いつも寝る時に抱きしめている毛布ってあるでしょ。あれが急に消えたら心細いっていうか、不安になって落ち着かなくなるでしょ? あれと同じよ」

と言いつつも、私は逃がすものかとトールをしっかり摑《つか》んで、お屋敷の私の部屋まで連行する。お父様が最後まで物欲しげにこちらを見ていたけれど。

トールはというと、長い溜息《ためいき》をついて、私にされるがままだった。

「……いつもは俺のこと適当に扱って、適当に連れ回してるくせに。こうやって一時期離れると、可愛く甘えてくるんだから。なんなんですか、猫なんですか?」

私の部屋のソファに、特に許可もなくドカッと座り込み、襟元を緩めだすトール。

とても使用人とは思えないが、私は別に気にしない。

むしろお茶とか淹《い》れてあげちゃう。

「離れていると、当たり前にあるものの大切さに気がつくって言うじゃない。きっとそれよ。日常にトールがいることが当たり前になっていたんだわ。とにかく毎日が退屈で仕方がなかったわ。あと魔法をよく失敗した」

「……そういえば、屋敷の周辺に失敗した魔法陣の跡が山ほどあって、馬車で通ってると凄《すさ》まじい緊張感がありました。お嬢の失敗魔法陣、時々軽く爆発しますし」

失敗魔法陣の後処理くらいちゃんとしといて下さいよ、とトールが呆《あき》れたように言う。

いつもならそういうところもちゃんとしている私だが、この二週間は本当に調子がおかしかったからなあ。反省、反省。

「しかしまあ、お嬢の言いたいこともわかります。俺だって、いつもお嬢を見張っていたせいで、この二週間はお嬢が何かやらかしてないか気が気じゃありませんでしたよ。また湖で溺れたりしたら、誰が助けるんだって。お嬢はカナヅチですから」

「何よ、そこはちゃんと気をつけていたもの！　とりあえず湖には近づかなかったわ」

ふた月ほど前に湖で溺れてトールに助けてもらった事件があり、私はそのことを思い出しながら、お茶のティーカップをトールに渡す。

……でも、そっか。

まるで私ばかりが寂しがっているのかと思っていたけれど、トールも私を、心配してくれていたのね。

「ふふっ。なんだ。トールも私と同じだったのね。そもそも都会嫌いだものね、あなたは」

「そうですよ。人混みは酔いますし。俺は何もないデリアフィールドの方が好きですから」

「……大変だったわね、お勤めお疲れ様」

今になって、ソファに座るトールの頭を、よしよしと撫《な》でたりする。

トールはされるがままだったが、何かを思い出すようにプッと吹き出した。

「まあ、でも……毎日お嬢から届く手紙だけは楽しみでしたよ。お嬢の愛があまりに重くて、途中で少し怖くなりましたけど。一種の呪いの手紙ではないかと、くまなくチェックしたり」

「何言ってるのよ。呪いなんてかけないわよ。あなたは私の騎士だもの」

「そうですね。……俺はお嬢の、お気に入り、ですからね」

わかってますとも。

と言わんばかりの小憎たらしい余裕な笑みを浮かべて、私の顔を見上げるトール。

こんな風に言われると何だか癪《しゃく》だが……

ああ、これぞ、私のトールだ、とも思う。

それからしばらく、私はこの二週間のトール不足を解消するかのように、朝から晩までどこにいくにしてもトールを側に置いていた。

トールが持って帰ったお土産や、土産話を、一つ一つ楽しみながら。

トールもまた、やたらと注意深く、私の行動を見守っていたっけ。
そしてやっぱり、二人でいると退屈することがないし、安心する。
二人でいると、何ものにも負けないような、無敵の心地になるのだった。

メディテ先生、可愛い姪っ子のためトールを毒殺すると誓う。

俺の名前はウルバヌス・メディテ。

毒薬魔術師にして、ルネ・ルスキア魔法学校の教師である。（ちなみに担当は魔法薬学だ）。

今日は目に入れても痛くないほど可愛がっている姪《めい》っ子の、十二歳のお誕生日。

俺は、おねだりされていたプレゼントを大量に持って、デリアフィールドにやってきたところだ。

「って、何だいマキア嬢。このスカしたガキは」

オディリールのお屋敷についた俺は、姪っ子であるマキア嬢が紹介したいと言って連れてきた、やたらと見栄えのいい黒髪の少年を前に、片眼鏡をクイッと押し上げた。

「何って叔父《おじ》様。うちの門下生のトールよ。闇市で買ったの」

「………」

マキア嬢が当たり前のように言う。

なんと俺の姪っ子、悪名高いオディリール家の魔女らしく、奴隷を闇市で買って侍《はべ》らせているみたいだ。

しかもこいつ、ガキのくせに俺をも怯《ひる》ませる色気と毒気だ。

人のいいオディリール男爵やマキア嬢はごまかせても、毒薬魔術師の俺の嗅覚《きゅうかく》はごまかせない。自分がイケメンなのを知っていて、それを利用して生きてきた感じの、魔性のクソガキだ。きっとこいつ、マキア嬢に取り入って、成り上がる気だぞ。

くそう、気に食わん！

小さな頃から死ぬほど可愛がってきたマキア嬢のことは、俺が守る！

「トール、この人はウルバヌス・メディテ卿《きょう》。私の叔父様なの。こう見えてすっごく優秀な毒薬魔術師で、魔法学校の教師なのよ。定期的に私の家庭教師をしてくれてるの」

「お嬢、この人、俺に対してあからさまな敵意を剝《む》き出しにしてますけど大丈夫ですか？」

「大丈夫大丈夫。イケメンと、将来有望な若者が嫌いなだけなの」

「へえ……なんかヤバそうですね、人として」

トールとかいうクソガキ、俺を見てフッて鼻で笑いやがった。

あのガキはヤバい。この俺が拒絶反応を示すということは超級の毒であるということだ。

あのクソガキを、どうにかしてマキア嬢から遠ざけなければ……っ。

「ちょっと叔父様！　トールにちょっかい出さないでちょうだい！　大人気ないわ！」

クソガキが淹れたお茶にケチをつけたり、目の前を通りかかった時に足を引っ掛けたり、あからさまにぶつかってみたりしていたら、クソガキがマキア嬢にチクったらしく、俺がマキア嬢に責め立てられてしまった。

こうなったら、こうなったら奴を毒殺するしか……

「ちょっと叔父様何してるの！　トールに毒を盛ろうとしてるでしょ！　トールを虐《いじ》める叔父様なんて大嫌いよ！」

「ガーン」

奴の飲み物に、自家製の毒を混ぜようとしていたところを、マキア嬢とあのクソガキに見つかってしまった。

いよいよマキア嬢に嫌われてしまい、マキア嬢は俺と口を聞いてくれなくなってしまった。欲しがっていた毒草と毒薬をちらつかせても無視される。泣きたい……

「失礼しますメディテ卿」

「……チッ。貴様か」

トールとかいうクソガキが、俺の宿泊している部屋にお茶を持ってやってきた。

俺はしっしっと追い払う素ぶりをする。すると奴は、眉《まゆ》を寄せて肩を竦《すく》めた。

「俺、メディテ卿に随分嫌われているようで。何か失礼なことでもしましたか？」

「ハッ。上手《うま》くオディリール家に取り入っているようだが、俺の目は誤魔化せない。お前はマキア嬢にとって、毒でしかないんだよ」

「はい？　毒とはどういうことですか？」

「あの子は将来、立派なオディリール家の魔女になる。俺が見込んだ才能だ。そんなマキア嬢が、お前のような魔性のクソガキに入れ込んで、魔法に興味がなくなったらどうしてくれる⁉」

俺の言葉に、クソガキが我慢できずに吹き出した。

「あっははは。それは無いですよメディテ卿。お嬢は、俺と競い合うのを心底楽しんでいるんですから。俺と一緒にいる限り、お嬢が魔法への情熱を失うことはありません。絶対に」

「…………」

「ところで姪であるお嬢に、どうしてそこまで執着してるんですか？　独身だからですか？　それともいい歳《とし》して幼女趣味なんですか？」

「こ、このクソガキ……ッ」

マジでしばき倒したいが、これ以上マキア嬢に嫌われると俺自身が再起不能になるので、咳払《せきばら》いでもして我慢した。

「マキア嬢は、俺にとって特別なんだ」

そして、なぜだか語り始めてしまった。俺にとってのマキア嬢について。

そもそも俺はメディテ家の末っ子で、いくら才能があっても家督を継げる訳でもなく、将来の選択肢が少ない中で、ルネ・ルスキア魔法学校の教師を目指した。

しかし虚《むな》しさはあった。魔術師であれば、誰もが偉大な功績を残したいと思う。大魔術師として歴史に名を刻みたいと。

そんな時、オディリール家に嫁いだ姉のもとに、マキア嬢が生まれた。

マキア嬢は、魔法に対する純粋な興味を、幼い頃から抱いていた。その姿を見ていたら、自分の中の虚しさや葛藤《かっとう》が消え、この子を立派な魔女にしなければという気持ちが込み上げてきた。俺はきっと、そのために魔法学校の教師になるのだと……

「小さな頃は、『おじたま、おじたま』ってついてきて、そりゃもう可愛くて可愛くて。おじたまあれ教えて、おじたまこれ教えてって、マキア嬢は俺のことを純粋な瞳《ひとみ》で求めてくれた……っ」

「ただ〝おじたま〟って呼ばれたかっただけでは……？」

クソガキがドン引きしていたが、知ったことではない。

俺は奴の淹《い》れたお茶を飲み干し、立ち上がって熱弁する。

「マキア嬢は俺から見ても天才だ！　立派な魔女令嬢となり、このルスキア王国の魔法の歴史に名を刻む存在だ！　そのためには……そのためには……貴様のような障害は排除しなければ……っ」

「それ、まだ言うんですか？」

クソガキは大人びたため息をつき、俺を小馬鹿にしたように笑う。めっちゃハラタツ。

「メディテ卿。確かに俺は、お嬢が思っているより性格の捻《ひね》くれたクソガキですよ。きっとあなたの方が、俺のことを見抜いている」

「は？」

「ですがご安心を。俺もマキアお嬢様が、魔女令嬢としてどこまで行くのか、その背中について行って、見届けたいですから」

……やはりこのクソガキ、全面的に気に入らん。

マキア嬢と出会って間もないくせに、知ったような口をききやがって。

ただ、マキア嬢のことを話している時だけは、捻くれた顔ではなく少しだけ年相応の顔つきになる。おそらく本人も気がついてないだろうが……

「あ、トール いた！　叔父様になんて構ってないで、私の魔法の修業に付き合いなさい！」

「また何か、得体の知れない魔法の実験ですか？　失敗して爆発しても知りませんよ」

「バカ言わないで、今度こそ絶対に成功よ！」

そしてマキア嬢は、トール君を連れて行ってしまった。悔しいがあのクソガキが居ることで、マキア嬢は今まで以上に魔法を楽しんでいるようだ。

同じ年頃のライバルは、確かに刺激になる。俺も、魔法学校ではユリシス殿下とかいう真の天才に出会ったことで、鼻っ柱折られたしなあ……

その後、俺がオディリール家を訪ねる時に限って、家の前に深い落とし穴や、道を塞《ふさ》ぐえげつない罠《わな》が仕掛けてあって、俺は度々それに引っかかって、骨折などした。

マキア嬢はただ魔法の特訓をしていただけで、その度に「叔父様ごめんなさいっ！」と涙目で謝っていたが、その後ろでトール君がニヤニヤしてたので、奴の仕業であることは明白である。絶対に許さん。いつか必ず毒殺してくれる！

そんな風に、俺と奴の、男と男の密《ひそ》かな攻防が、あのデリアフィールドで繰り広げられていた訳なのだが……

ある日、トール君は星に選ばれ、オディリール家を去ることとなった。

あの時の、マキア嬢の落ち込みようと、やつれようは、俺ですら見ていられないと思ったほど。

そして俺は、やはりあのクソガキを、早々に追い出すべきだったと後悔したのだった。

結局、マキア嬢の側に居てやれないのなら。

こんな風に、あの子を置いて、遠くへ行ってしまうのなら……

俺にはマキア嬢を慰めてやることはできない。

魔法学校に入学したマキア嬢を、ひたすら張り付いて、見守ることしかできない。

いつか再び、あの二人が出会うまで。

それまで、俺は自慢の姪っ子を、トール君すら見違えるほどの、立派な魔女令嬢に育てるつもりだ。

マキア、リンゴカレーは青春の味。

私の名前はマキア・オディリール。

ルネ・ルスキア魔法学校の一年生にして、ガーネットの9班の班長。

最近、私の中でリンゴカレーが熱い。

「ガネ9の諸君。あなたたちは食べたことがあるかしら？　カレーライスっていう尊い食べ物を」

「は？」

「多分無いと思うけれど、スパイスを手に入れたのでカレーは作れる。米もある。実家から届いた塩リンゴと、ミラドリードの太陽を浴びて育ったトマトがあればカレーはとても美味《おい》しくなる。という訳で、今からみんなでカレー作るわよ！」

それは、休日だというのに班員たちがアトリエに集まって、各々《おのおの》が好き勝手なことをしていた時だった。私が一人張り切ってこんな話をし始めたものだから、班員のネロ、レピス、フレイはお互いに顔を見合わせて困惑中。

でもね、カレーはメイデーアにも古くからある料理なの。

特に、東南の小国ではスパイス料理が盛んだし。

私は先日、東南の国の留学生たちが、定期的に催す〝闇スパイスバザー〟にて、カレー用のスパイスをがっつり買い揃《そろ》えたところだった。

「俺さ〜、今朝はやけに髪がまとまらねえから、嫌な予感がしてたんだよな。今日も多分、班長がイミフなこと言いだして、俺たちはそれに巻き込まれるんだろうなって」

ガーネットの９班のチャラ男ことフレイが、やはり最初に文句を言う。

「何よその言い草は。野外炊飯でカレーを作るのって青春の醍醐味《だいごみ》じゃない」

「それはいったい、どこの青春の話だ？」

ネロまで怪訝《けげん》そうな顔してつっこんでくるし。

まあ、そんな青春があったのは私の前世の話なんだけど……

「まあいいじゃないですか、皆さん。マキアの言うことですし」

「ありがとうレピス！　レピスはいつも私の味方をしてくれて〜」

優しい言葉でありながら、男子二人に謎の圧力をかけているレピスに私は抱きついた。

そんなこんなで、私は班員たちを（無理やり）誘って、野外でカレーを作ることになったのだった。

アトリエのガラス窓を開け放ち、海の見えるテラスに道具を運び出す。

庭先のちょうど良《い》い場所に石を並べ、薪《まき》をくべて火を起こす。火の魔法を使えば簡単。

私がこれをやっている間に、ネロとフレイには、テラスのテーブルにて野菜を切ってもらう。玉ねぎのみじん切りにやられてフレイが泣いてる。ネロは作業用ゴーグルをつけているので余裕そう。

「あー、目が痛《いて》え。なんで俺がこんなことしなきゃならん。いつもなら班長が作った謎料理を食わされるだけで済むのに！」

「それを目当てに、休日でもアトリエに来るあなたが言うセリフじゃないわね」

フレイは一応この国の第五王子なんだけど、そんなこと普段はすっかり忘れられている。なので引き続き、玉ねぎのみじん切りをさせられている。

「だがマキア。そもそもカレーライスっていうものが想像できない。平たいパンと一緒に食べるスパイス料理なら、僕は食べたことがあるんだ。好きだった？」

「へえ、ネロってナンとカレーなら食べたことがあるんだけど」

「まあ……スパイス料理っていうのはもともと嫌いじゃないよ」

「なら大丈夫よ！　絶対いけるわ！」

私はネロに向かってグッと親指を立てた。ゴーグルの向こうの、ネロの疑惑に満ちた目がキツいな……

そう。こちらの世界では、カレーの相棒と言えばナンであり、カレーライスなるものは、私もいまだお目にかかったことがない。探せばどこかにあるのかもしれないけれど。

「マキア。大きなお鍋《なべ》を借りてきました」

「あ、ありがとうレピス！　これでたくさんカレーが作れるわ！」

レピスが他のアトリエから大きな鍋を借りてきてくれた。

レピスは女性らしい物腰でありながら野菜の皮むきは苦手で、重たいものを運ぶのは得意。なんてったって、ガーネットの9班の中で一番腕相撲が強いからね。私はともかく、ネロもフレイも瞬殺だから。

というわけで、さっそくカレー作りに取り掛かる。

熱した鍋に多めのバターを溶かし、生姜《しょうが》&にんにくのすりおろしを加えて、玉ねぎを飴《あめ》色《いろ》になるまでガシガシ炒《いた》める。そこにトマト、カレー用の数種のスパイス、他の野菜やぶつ切りの鶏肉《とりにく》、塩を加えてまた炒める。これは実質バターチキンカレーね。

ここで取り出したるは塩リンゴ。すりおろしと、大きめの角切りを準備する。

この辺、みんなで競争しながら魔法でやってしまえば、魔法の練習にもなる。

一等はネロ。ほぼ出来レースだった。

さて。鍋に角切りリンゴとすりおろしリンゴ、その果汁と適量の水を投入して、あとはしばらく煮込んでいく。この時点で、リンゴとスパイスの良い香りが漂っている。

実家から届いたリンゴが大量すぎて使いきれずにいたので、それを消費するために大鍋でリンゴカレーを作ろうと思ったのは秘密である。

「ああ〜。お米の炊き上がるいい匂いもしてきたわ。当たり前のようにお米が食べられるのって、ネロが作ってくれた炊飯器のおかげよね。気楽にお米が炊けるから、食べたいお米料理が無限に思いつくのよ」

当のネロはというと、自分が開発した炊飯器を日頃から酷使する私をジッと見て、謎のため息をついた。

「……僕は、マキアがどうしてそこまで米に執着しているのかが、いまだ不思議だ」

「きっと前世でたくさんお米を食べていたのよ！」

あえて本当のことをぶっちゃけてみたが、ここにいる誰もが「またマキアが妙なこと言ってる……」みたいな顔をしていた。

リンゴカレーが出来上がり、お米も炊き上がった。

さっそくお皿にご飯をよそって、手作りカレールーをかける。

「どうぞ、召し上がれ」

「…………」

誰しも茶色い見た目に圧倒されているが、食欲をそそる匂いと、労働した後の空腹には逆らえないというもので、まずは度胸のあるレピスがパクリ。

「まあ、美味しい！　リンゴの甘みがよくわかります。でも甘いだけでなく、辛さもあって。……なるほど、マキアの言った通り、これはお米に合いますね」

「でしょでしょ！　私のおすすめポイントは、角切りしたリンゴよ。よく煮込むことでトロっとした食べ応《ごた》えのある具になるの。この場合じゃがいもの代わりみたいなものかな～」

それと、バターとリンゴ入りのカレーってとてもマイルドで食べやすい。

しばらく女子に毒味をさせた後、慎重な男子どもが、やっとカレーライスを食べ始める。

「ん。甘っ」

「けど後から辛いのがやって来る……」

妙な反応を見せながらも、スプーンを持つ手は止まることなく、カレーライスをパクパクと口に運ぶ。前に食べさせた梅干しおにぎりの時よりは、食べっぷりが良《い》いな……

「まあなんだ。米もこうやって食うなら悪くないな」とフレイ。

「塩リンゴ入りのスパイス料理なんて、まさに魔術師のための料理だな。魔質含有量が凄《すご》そうだ……」と、ネロ。

「まだ食べられそうなら、おかわりいっぱいあるからね～」

私とレピスは、早くもおかわり。

カラッとした気持ちの良い秋晴れの日に、外でカレーを作ってお腹《なか》いっぱい食べる。

カレーというのは不思議な食べ物で、友人と一緒に食べると一層美味しい。

それってやっぱり、前世の思い出のせいなのだろうか。私の場合、どうしても林間学校での野外炊飯や、学校の給食を思い出す。

今世は、魔法学校で仲間たちと一緒に魔法を勉強しているなんて、例えばあちらの家族や同級生に伝えることができたとして、誰も信じてくれないだろうな……

なんて、前世を思い出す味にしみじみしていたら、

「スパイスのいい匂い～」

「君たち、それって何食べてるの？」

近くのアトリエにいたルネ・ルスキアの生徒たちが、この匂いに誘われてやってきた。

大きなお鍋で、大量のカレーを作っておいて正解だったかもしれない。

さあ、みんなでリンゴカレーを食べよう。

そしてまた、魔法の勉強に励もう。

あとがき

お世話になっております。友麻碧《ゆうまみどり》です。

メイデーア転生物語5巻をお手に取ってくださり、誠にありがとうございます。

扉の向こうの魔法使い。やっと（下）です。

本当は上下巻にするつもりだったのですが、下巻が思いのほかボリューミーになってしまい、上中下に分かれてしまったのは、前巻のあとがきの通りです。

ですが、友麻は思いました。

これ、中と下に分けてよかったな、と……

下巻、情報量がなんか凄《すご》いです。できる限りわかりやすく書いたつもりなのではありますが、これが中巻と一緒だったら、きっと友麻自身も上手《うま》く情報をコントロールできなかっただろうし、読者さんを混乱させたのではないか、と思います。

そうですね。

このややこしい感じが、メイデーアだったのです。

私がネットで書き続けたお話だと、割と早い段階でこの部分に至っていたのではありますが、こちらの書籍では巻数を使ってキャラとの交流を深め、5巻にてここに至りました。

メイデーア転生物語。というタイトル。

まさにそのまま、という感じです。はい。

この5巻にて、子どもの時代、青春の時代が幕を下ろし、一つの区切りとなりました。

地球編、幼少編、魔法学校編の総決算という感じです。

物語の根幹にある真実もそうですが、魔法学校で出会った仲間たちの真実にも、たどり着くことができました。

このお話の中で、度々「幼ごころ」という単語が出てきますが、まさに魔法に必要な子ども時代、青春時代を、友麻なりに書けたのではないかと思っております。すでに魔法学校の日々が懐かしく、名残惜しいです。書いていてとても楽しかった！

ちなみに「幼ごころ」という単語は、友麻のバイブル「はてしない物語」に登場する女王様〝幼ごころの君〟のオマージュだったりします。

個人的にではありますが、ここまで書けてよかったなと、ホッとしております。

まずはここまでお付き合いいただきまして、本当に本当にありがとうございました。

宣伝です。

Gファンタジーさんで連載中の、コミカライズ版メイデーア転生物語も、同日に4巻が発売されております。早い！

こちらも原作第1巻のクライマックスで、非常に盛り上がっておりますので、ぜひぜひご覧ください。ガーネットの9班のドレスアップ姿は必見です！


担当編集様。今回もスケジュールや原稿修正の面で大変お世話になりました。5巻を読んでくださった後「とても感動した」とお伝えいただき、私自身とにかく嬉《うれ》しかったのを覚えております。本当にありがとうございました。

イラストレーターの雨壱《あまいち》絵穹《えそら》先生。今回は難しいオーダーに対し、非常に素晴らしいイラストを頂きまして、本当に感謝しております。紅の魔女、黒の魔王、白の賢者のキャラデザはどれも素敵すぎて、早く読者の皆さんにも見てもらいたい！　とうずうずしておりました。本当にありがとうございました。


そして読者の皆さま。

改めまして、ここまでお付き合いいただきまして本当にありがとうございました。

またメイデーアという世界で皆さまにお会いできます日を、心待ちにしております。

友麻碧

お便りはこちらまで

〒一〇二―八一七七
富士見L文庫編集部　気付
友麻　碧（様）宛
雨壱絵穹（様）宛

富士見Ｌ文庫

メイデーア転生物語《てんせいものがたり》5
扉《とびら》の向《む》こうの魔法使《まほうつか》い（下）

友麻《ゆうま》 碧《みどり》

2021年11月15日　初版発行

発行者　青柳昌行
発　行　株式会社 KADOKAWA
〒102-8177　東京都千代田区富士見2-13-3
電話　0570-002-301（ナビダイヤル）

印刷所　株式会社暁印刷
製本所　本間製本株式会社
装丁者　西村弘美

定価はカバーに表示してあります。　◇◇◇

●お問い合わせ
https://www.kadokawa.co.jp/（「お問い合わせ」へお進みください）
※内容によっては、お答えできない場合があります。
※サポートは日本国内のみとさせていただきます。
※Japanese text only

ISBN 978-4-04-074277-9 C0193

死の森の魔女は愛を知らない

著／浅名ゆうな　イラスト／あき

悪名高き「死の森の魔女」。
彼女は誰も愛さない。

欲深で冷酷と噂の「死の森の魔女」。正体は祖母の後を継いだ年若き魔女のリコリスだ。ある日森で暮らす彼女のもとに、毒薬を求めて王兄がやってくる。断った彼女だけれど王兄はリコリスを気に入って……？

【シリーズ既刊】1〜2巻

富士見L文庫

女王オフィーリアよ、己の死の謎を解け

著／石田リンネ　イラスト／ごもさわ

私を殺したのは誰!? 女王は十日間だけ生き返り、自分を殺した犯人を探す

「私は、私を殺した犯人を知りたい」死の間際、薄れゆく意識の中でオフィーリアはそう願う。すると、妖精王リアは十日間だけオフィーリアを生き返らせてくれた。女王は己を殺した犯人を探し始める——王宮ミステリー開幕！

富士見L文庫